Über dieses Buch

Am Schicksal eines berühmten Chirurgen, der Herr über Leben und Tod zu sein glaubt und nach rein rationalen Erwägungen sein und seiner Frau Leben meistern möchte, zeigt Carl Zuckmayer die Übermacht des Naturgesetzes gegenüber der Vermessenheit des Einzelmenschen. Die kühne Planung des Mannes scheitert an der Unberechenbarkeit der weiblichen Psyche, ja sie steigert die abenteuerlichen Möglichkeiten der Frau ins Maßlose.

Der Autor

Carl Zuckmayer wurde am 27. Dezember 1896 in Nackenheim am Rhein geboren. Studium in Heidelberg, danach kurze Tätigkeit als Dramaturg in Kiel. 1938 übersiedelte er von Salzburg in die Schweiz, ein Jahr später emigrierte er nach Amerika, wo er bis 1946 als Farmer lebte. Sein Wohnsitz ist heute Saas Fee in der Schweiz. Carl Zuckmayer erhielt außer dem Kleist-Preis (1925) u. a. den Büchner-Preis (1929), den Goethe-Preis der Stadt Frankfurt am Main (1952), den Heine-Preis der Stadt Düsseldorf (1972); er ist Mitglied verschiedener Akademien und des PEN. 1968 erhielt er in Wien das »Ehrenzeichen für Wissenschaft und Kunst«. Im Fischer Taschenbuch Verlag sind erschienen: ›Der Seelenbräu‹ (140), ›Der Hauptmann von Köpenick‹ (7002), ›Der fröhliche Weinberg/Schinderhannes‹ (7007), ›Als wär's ein Stück von mir‹ (1049), ›Eine Liebesgeschichte‹ (1560), ›Die Fastnachtsbeichte‹ (1599), ›Engele von Loewen und andere Erzählungen‹ (1729), ›Des Teufels General‹ (7019), ›Der Rattenfänger‹ (7023), ›Carl Zuckmayer‹ Werkausgabe in 10 Bänden 1920–1975 (CZ 100).

CARL ZUCKMAYER

HERR ÜBER LEBEN UND TOD

FISCHER TASCHENBUCH VERLAG

Fischer Taschenbuch Verlag

1.– 50. Tausend	März 1952
51.– 75. Tausend	Juli 1952
76.– 88. Tausend	März 1953
89.–113. Tausend	Oktober 1954
114.–138. Tausend	Februar 1955
139.–163. Tausend	Juni 1958
164.–175. Tausend	Februar 1960
176.–187. Tausend	Februar 1961
188.–200. Tausend	April 1962
201.–212. Tausend	April 1964
213.–218. Tausend	Februar 1967
219.–225. Tausend	Oktober 1967
226.–232. Tausend	Oktober 1968
233.–240. Tausend	Oktober 1969
241.–247. Tausend	März 1971
248.–255. Tausend	Juni 1972
256.–262. Tausend	März 1973
263.–270. Tausend	November 1973
271.–277. Tausend	November 1974
278.–285. Tausend	August 1975
286.–292. Tausend	November 1976

Diese Erzählung wurde im Jahre 1938 verfaßt und zuerst
im Bermann-Fischer Verlag, Stockholm, veröffentlicht.
Fischer Taschenbuch Verlag GmbH, Frankfurt am Main
Gesamtherstellung: Hanseatische Druckanstalt GmbH, Hamburg
Printed in Germany
6-380-ISBN-3-436-00017-5

HERR ÜBER LEBEN UND TOD

AM Ende des regenarmen Sommers, in dem seine Arbeit ihm kaum die matte und zerstreute Erholung einiger Wochenendstunden vergönnt hatte, wurde Sir Norbert Stanhope nach Paris berufen, um an einem der führenden Staatsmänner der Republik eine komplizierte Operation vorzunehmen. Obwohl erst knapp über vierzig, zählte Sir Norbert schon unter jene „Kapazitäten", die man in verzweifelten oder durch die Bedeutung der erkrankten Persönlichkeit besonders verantwortlichen Fällen herbeiholt und an deren Namen sich eine Art von Wunderglaube knüpft. Er war Chefarzt einer großen Klinik in London und Inhaber einer Professur der medizinischen Fakultät. Wie bei jeder ungewöhnlichen Karriere, hatten auch bei der seinen Glücksfälle bestätigt und verstärkt, was die Sicherheit seiner Hand und eine vielleicht geniale Intuition in das verborgene Getriebe des Organismus begannen. Eine Reihe von erfolgreichen Eingriffen bei

Störungen oder Verletzungen des Herzens, die man früher als hoffnungslos betrachten mußte, hatten ihm Weltruf eingetragen. Das menschliche Herz — auch im Zeitalter des wissenschaftlichen Denkens immer noch Sinnbild magischer Quellkräfte, ja der geheimen Lebensmitte schlechthin, — unter seinen Augen und Händen war es ein zuckendes Bündel kontrollierbarer Funktionen, deren gestörte Mechanik zu regeln oder vor Stillstand zu retten der Macht und Beherrschung chirurgischen Könnens unterstand, und das ihm in seiner Wesenheit weniger geheim oder unenträtselt erscheinen mochte, als etwa die vielbezogene Wechselwirkung der Drüsen und innerer Sekretionen, das ewig sich wandelnde und gleichsam aus dem eignen Strom sich erneuernde Blutmeer, die sympathetischen Vibrationen des Nervensystems. Trotzdem waren solche Eingriffe jedesmal ein Spiel mit der Uhrfeder des Lebens, — ein Spiel mit höchstem Einsatz und höchster Verlustchance, ein Kampf mit der unbekannten Größe, ein Griff nach dem Ursprung und nach dem Ende, — und, obwohl er selbst nicht aufhörte, das Partielle und Mechanistische seiner Arbeit sachlich abzugrenzen, haftete ihren Erfolgen doch etwas von einer Wiederauferweckung Verstorbener, von einer fast übernatürlichen Gewalt über das kreatürliche Leben an. Nicht selten hatte seine Kunst auch nach dem Eintritt von Symptomen, die man gemeinhin als unabänderlich betrachtete, das Wiederaufleben der funktionellen Tätigkeit erzwungen.

Wie Norbert im tiefsten Innern über Wert und Bedeutung seiner Heilkunst denken mochte, — ob sie ihn mit Stolz, mit Skepsis oder mit Furcht erfüllte, blieb unerfindlich. Es war nicht seine Art, sich zu enthüllen. Patienten gegenüber blieb er ein etwas unzugänglicher, gleichmäßig temperierter Herr, der jede Beunruhigung, aber auch jede Geheimnistuerei vermied, und der sein Äußerstes hergab, ohne zu versprechen oder zu trösten. Für seine Kollegen, Schüler, Untergebenen war er ein Arbeiter von verpflichtender Gründlichkeit, den unwillkürlich, und ohne daß er es jemals betonen oder erzwingen mußte, ein Wall von Respekt und allgemeiner Unterordnung umgab. Die Mitwelt kannte ihn als eine Erscheinung der gepflegteren Gesellschaft, von liebenswürdiger und unfaßbarer Konventionalität, von großer Anziehungskraft auf Damen und jüngere Leute, von selbstverständlicher und niemals absichtsvoller Distanz. War es ein ganz leiser Zug von Hochmut oder Spöttischkeit, der manchmal in seinen Augen oder um seine Mundwinkel spielte, so hatte das nichts von Arroganz oder irgendwelcher Einbildung, eher war es ein Ausdruck jener gewissen Kühle, Fremdheit, Souveränität gegenüber dem Einzelschicksal, wie es wohl alle Personen, in welchem Beruf auch immer, kennzeichnet, deren Wissen und Können das normale Maß übersteigt. Ob es Kraft oder Schwäche bedeutete, große Abhärtung oder übergroße Empfindsamkeit, Scheu oder Kälte, was ihn so streng und sorgsam jede Äußerung privater Gefühle verbergen ließ, war kaum zu entscheiden. Zum Teil war es wohl auch eine Mitgift seiner Abstammung und Erziehung. Einziger Sohn eines früh verstorbenen Vaters, hatte er seine Kindheit in der Obhut seiner Mutter auf einem der mütterlichen Familie angestammten schottischen Landsitz verlebt, und nach Abschluß seiner Schulzeit und Studienreisen war die Mutter, eine große, ernste und etwas hartäugige Frau von unverwischbarer Altersschönheit, zu ihm nach London gezogen, wo sie seinem Hause vorstand. Vielleicht war er deshalb nie auf den Gedanken gekommen, sich zu verheiraten. Wer die Mutter kannte und ihre herrschsüchtige Leidenschaft für den Sohn und für alles, was ihn betraf, hätte sich kaum eine Gattin und Schwiegertochter vorstellen können, die imstande gewesen wäre, sich in seinem Hause durchzusetzen oder unbedrückt zu behaupten. Dabei wirkte Lady Stanhope mehr als Freundin, Gefährtin ihres Sohnes, denn als verwandtschaftliche Belastung, und sie vermied alles, was die Freizügigkeit und Unabhängigkeit seines Lebens hätte beeinträchtigen können. Norbert seinerseits behandelte sie mit einer rücksichtsvollen und behutsamen Ritterlichkeit, welche gleichermaßen Hochachtung und Abstand ausdrückte, und es war schwer, sich die ursprünglich animalische Brutwärme zwischen Mutter und Sohn bei diesen beiden zu denken. Nur eine seltsame Ähnlichkeit in Kopfhaltung und Gang, in einem plötzlichen Zusammenkneifen der Lider, als gelte es Heimliches und Unbewachtes zu verdecken, ließ manchmal die Ahnung verborgener Feuer und schattentiefer Wesensgründe erglimmen.

Nach stundenlanger Arbeit, die alle Nervenkräfte zu fressen schien, lästigen Konferenzen und Erledigung gesellschaftlicher Pflicht hatte Sir Norbert den größten Teil des Abends ganz allein in den rastlosen Straßen von Paris verbracht, die ein staubiger Spätsommerwind durchflatterte, untätig und versponnen vor Caféhäusern sitzend, manchmal an einem Glase nippend, von einer sonderbaren Leere und Selbstverlorenheit gebannt, die seinem tätigen Leben sonst unbekannt war. Eigentlich sollte ich mit dem Nachtflugzeug zurückkehren, dachte er. Aber er hatte sich nicht entschließen können, beim Portier den Platz zu bestellen. Es war, als seien seine Entscheidungskräfte plötzlich gelähmt, und als könne er sich nicht mehr recht besinnen, warum er hier sei und wohin er denn überhaupt mit sich solle. Vielleicht, dachte er, sollte man solche Augenblicke, in denen das Bewußtsein müde wird, den vordringlichen Taktstock zu schwingen, in denen das Orchester der Lebenselemente von selber spielt und also zweifellos die vorgeschriebene Partitur nach ihrem eigensten Gesetze wirksam wird, — vielleicht sollte man solche Augenblicke genauestens registrieren, denn sie allein vermöchten die Frage zu beantworten, was es nun eigentlich mit unsrem Willen, unsrer Selbstbestimmung und unsrem Schicksal auf sich hat. Vielleicht, dachte er, entscheidet gerade jetzt etwas über mich, was völlig außerhalb des Machtbereichs meiner eignen Entschlüsse und Handlungen liegt. Aber ich bin wohl einfach überarbeitet. Mit einem etwas spöttischen Lächeln über die Fadenscheinigkeit solcher Alltagsdefinitionen begab er sich in sein Hotel zurück, vor dessen Glastür sich gerade zwei altmodisch gekleidete Herren mit leicht übertriebenem Habitus, wie man ihn bei französischen Würdenträgern öfters beobachtet, voneinander verabschiedeten. „Also, um sechs Uhr früh", hörte er den einen mit einer gewissen Feierlichkeit sagen, die ihm komisch vorkam und deren Pathos ihn noch beim Auskleiden belustigte.

Kurz nach sechs wurde er von einer aufgeregten Stimme — sie gehörte einem Kollegen, den er tags zuvor kennengelernt hatte — durchs Telephon beschworen, sofort die Unfallstation in der Rue d'Armaillé aufzusuchen, wo ein Herr mit dem Tod ringe. Soviel er dem Wortschwall entnehmen konnte, handelte es sich um ein Duell mit unglücklichem Ausgang, eine Verletzung der

Herzgegend, die das Schlimmste befürchten lasse, und der Verwundete sei kein anderer, als der alte d'Attalens, — ein Name, der Norbert wenig sagte. Als er bald darauf in der morgenleeren Straße ungeduldig nach einem Taxi rief und sich noch einmal rasch zum Portier zurückwandte, der seine Instrumententasche hielt, stürzte plötzlich eine junge Dame an ihm vorbei und riß den Schlag des eben anrollenden Wagens auf.

„Verzeihen Sie", sagte Norbert, bevor sie noch dem Chauffeur die Adresse zurufen konnte, „ich brauche den Wagen dringend!"

Sie warf ihm einen verstörten und wutflammenden Blick zu, sprang aufs Trittbrett und stieß mit einer vor Erregung heiseren Stimme den Namen der Klinik hervor, in die Norbert selbst zu eilen im Begriff stand.

Norbert schwang sich kurzerhand hinter ihr in das niedrig gebaute Auto, wobei er seinen Oberkörper fast auf die Knie klappen mußte, und winkte dem Chauffeur, rasch zu fahren.

„Wir haben denselben Wagen", sagte er, zu dem Mädchen gewandt, – „und vielleicht auch den gleichen Anlaß."

Sie war flüchtig angekleidet, – ihr Gesicht, ohne jede Retouche, schmal und jung, die Wangen von Angst und Eile gerötet. Eine Locke, die dunkel in ihre Stirn und über die Augenbraue fiel, gab dem noch schlafbehauchten Antlitz einen Zug von kindlichem Trotz und Wildheit, während ihr Nacken, von dem ein Schal geglitten war, der halbnackte Arm und der ruhelose Knöchel eines unbewußt mit der Bewegung des Wagens laufenden, zartgefesselten Fußes Anmut und Zauber kaum erblühter Jugend mit jener weichen und elastischen Fraulichkeit verband, die an das knisternde Fell von Katzen, an den Hals edler Pferde oder an den Geruch halboffener Tulpen gemahnt.

Dies alles bemerkte Norbert jetzt nur flüchtig und ohne Anteilnahme, denn er war schon von jenem gegen die Außenwelt völlig abgestellten Vereisungszustand befangen, der ihn während seiner Arbeit trancehaft besaß. Er sah das zerknitterte Blatt einer Frühzeitung in ihrer Hand, – das hatte sie wohl beim Portier vorgefunden, nachdem man sie aus ahnungslosem Schlummer heraus alarmiert hatte, – auf der Titelseite prangte unter fettgedrucktem Namen das Bild eines Herrn mit weißem Schnauzbart und Kohleaugen, neben der sensationell aufgemachten Ankündigung seines Zweikampfs.

„Ich bin die Tochter", sagte die junge Dame leise und wie zur Entschuldigung, unter seinem kurz forschenden Blick.

Er nickte, nahm ihr das Blatt aus den Fingern, starrte abwesend hinein.

Plötzlich spürte er ihre Hand auf seinem Arm, die Nägel krallten sich durch Rock und Hemd in die Haut.

Ihr Blick, auf seine Hände gebannt, stand voll Entsetzen.

„Sie sind der Arzt –?" flüsterte sie aus blutleeren Lippen.

„Natürlich", sagte Norbert, seine Stimme klang abweisend.

Sie schaute zu ihm auf, ihre Augen bekamen einen ganz kleinen Schimmer von Bitte und Vertrauen.

„Werden Sie ihn retten?" fragte sie zaghaft, um ihren Mund war ein Lächeln wie von kindlicher Lockung und versteckter Zärtlichkeit.

Er schaute hinaus, die breite Allee schien völlig ausgestorben, Paris umdehnte sie wie ein Meer von Einsamkeit. Sie waren, hinter milchig verschlagenen Scheiben, ganz allein auf der Welt.

Gegen sein Wissen und Wollen trat auch in sein Gesicht ein Lächeln von beschwörender

Milde, und er sprach aus, wovor er selbst erschrak, und was er sonst niemals geäußert hätte: „Ganz gewiß –!"

Auf einmal lag ihr Kopf an seiner Schulter, während der Druck ihrer Finger um seinen Arm sich lockerte, und ihr ganzer Körper bebte im Schluchzen an dem seinen.

Mit einer Mischung von Staunen und leiser Beklommenheit strich Norbert leicht über ihr halbgelöstes Haar, dessen Duft wie Nebel in ihn einzog, – da hielt der Wagen, und er zwängte sich hastig hinaus, ohne sich noch um sie zu kümmern oder auch nur nach ihr umzuschauen.

Sie folgte ihm fast laufend über einen langen und kahlen Treppengang, der nach Karbol und Äther duftete, und sah ihn, durch eine angelehnte Tür spähend, schon über ein Wasserbecken gebeugt, in dem er mit sonderbar langsamen und eintönigen Bewegungen seine Hände wusch. Diese rhythmisch knetenden Bewegungen, die etwas von Magie und Beschwörung zu haben schienen, das leise Klirren von Instrumenten, die man mit Pinzetten in kochendes Wasser senkte, das Geflüster von Assistenten und Schwestern, die ihn vorgeneigt und fast demütig umstanden und denen er dann und wann ein knappes und unverständliches Wort, wie aus einer alchimistischen Geheimsprache, zuwarf, der saubere Geruch von gebleichtem Linnen, von Äther und Wasserdampf, der den Raum durchzog, all das erfüllte sie mit einer ungekannten Wallung von Schauer und Vertrauen, von traumhafter Beklemmung und kindlich befremdeter Zuversicht, – so als schaue sie zum ersten Mal und aus großer Nähe einem Priester bei der Heiligen Wandlung, bei der sichtbaren Verrichtung eines Wunders zu, – und sie konnte den Blick nicht von seinen schmalen, elfenbeinfarbenen, ruhigen und herrischen Händen lassen, wie er sie jetzt aus dem Wasser hob, sorgfältig abtropfte, und, mit abgewandtem Gesicht, einer mit Tuch und Handschuhen bereitstehenden Schwester entgegenhielt. –

Als er sie in der Tür erblickte, machte er eine kurze zornige Kopfbewegung, und ließ es ohne Frage und Widerspruch geschehen, daß eine Pflegerin sie sanft hinausführte.

Der alte Marquis d'Attalens, – man nannte ihn den „alten", seines weißen Schnauzbarts und seiner betont konservativen Haltung wegen, obwohl er mit seinen knapp sechzig Jahren jeden Zwanziger an Temperament und Jugendfrische übertraf, – war ein Hitzkopf gallischen Schlages, der im Lauf seines Lebens wohl schon ein Dutzend Zweikämpfe ausgefochten hatte. Bei ausgesprochener Gutherzigheit und freundlichster Weltgesinnung, fernab von Aggressivität oder Fanatismus, konnte ihn ein Wort oder eine taktlose Wendung derart in die Wolle bringen, daß er seine Seelenruhe nicht wiedergefunden hätte, ohne durch vollen Einsatz seiner Person die Sache zu regulieren. Ebenso schnell war er dann nach ritterlichem Austrag zu vergessen bereit, und die tage- und nächtelangen Versöhnungsfeste nach seinen verschiedenen Bataillen standen bei Freund und Feind wie bei der Pariser Kellnerschaft in eindrucksvollster Erinnerung. Es hieß von ihm, er besitze in Frankreich keinen guten Bekannten, mit dem er sich nicht schon einmal geschlagen habe.

Aus dem aktiven Armeedienst war er seit längerer Zeit ausgeschieden und widmete sich gemeinsam mit seiner Gattin, welche gleich ihm im achtzehnten Jahrhundert hätte leben können und von Standesgenossen wie Bauern und Angestellten nur „Madame Myrthe“ genannt wurde, der Bewirtschaftung seines über und über verschuldeten Landgutes, das mit dem kleinen Schloß und den mächtigen Parkbäumen der Familie von alters her eignete, und in dessen Erhaltung das Ehepaar seinen einzigen Lebenszweck sah. Als Deputierter seines Bezirks reiste er dann und wann nach Paris, wo er jedesmal viel zu viel Geld ausgab, und von wo er manchmal mit dem Arm in der Schlinge oder ein wenig hinkend, stets aber zufrieden, stolz und in vollem Einklang mit sich selber, in die bedrängten häuslichen Verhältnisse zurückkehrte. Lucile, die einzige Tochter, war in einer so staub- und schattenfreien Luft von Weltfreundschaft, familiärer Vertraulichkeit und, bei allen Geldnöten, ländlicher Ungebundenheit herangewachsen, daß sie dem Leben mit einer geradezu tierhaften Sicherheit und Unversehrtheit aufgeschlossen war, und die Erziehung durch den beweglichen, phantasiebegabten, trink- und sangesfrohen Ortspfarrer hatte Frömmigkeit und Gottvertrauen, Mystik und wundergläubige Neugier als natürliche, triebstark rankende Wurzeln in ihr Herz gepflanzt. Zum ersten Mal hatte der Marquis sie mit nach Paris genommen, um sie der Welt ein wenig näherzubringen, in die sie nächstens auch gesellschaftlich eintreten sollte, und er hatte ihr natürlich mit der Rücksicht des alten Kavaliers sein Rencontre verschwiegen, in der sicheren Überzeugung, daß er, wenn sie dem Frühstückskellner klingeln werde, längst als Sieger von seinem morgendlichen Abenteuer zurück sei. Die Contrahage war im Anschluß an eine Kammersitzung zustandegekommen, in der ein bekannter politischer Journalist seiner Meinung nach die Armee beleidigt hatte. Sein Gegner war ein ziemlich gleichaltriger Herr mit unbehaartem Schädel und etwas zu großer Nase, der sich, im Gegensatz zu d'Attalens, gern vor dem Waffengang versöhnt hätte, denn ihm war in dem taukühlen Park, dessen Mauern Presseleute und Photographen umlagerten, keineswegs wohl zumute, – während der Marquis die Sache mit der Lust eines ausgehungerten Essers anging, dem ein anregendes Apéritif gereicht wird. Der Anblick der beiden älteren Herren, mit den Hüten auf dem Kopf, in langen Hosen und Hemd, wie sie auf leises Kommando in Auslage gingen, mochte nicht ohne Komik gewesen sein, so wie es immer zum Lachen herausfordert, wenn erwachsene Männer etwas ausgesprochen Knabenhaftes tun, Bäume erklettern oder einander über den Buckel springen würden – und vermutlich war es nur nervöse Ängstlichkeit, die den kampfungewohnten Schriftsteller, von seinem Partner spielerisch bedrängt, so jäh und heftig zustoßen ließ, daß er selbst fast ausglitt und sein Florett den Marquis mitten in die lässig ungedeckte Herzgegend traf. Sicher war er viel mehr darüber erschrocken als der Getroffene, der zuerst nichts spürte und mit kurzem Auflachen eine Finte in die Luft schlug, bevor er lautlos zusammenbrach.

Die Operation war keineswegs eine der schwersten, die Norbert hinter sich hatte, – immerhin mußte er das Herz des alten Kämpen bloßlegen, und es gehörte seine Hand und seine Erfahrung dazu, es vorm Stillstand zu bewahren. Als er den Operationssaal verließ, konnte der Marquis d'Attalens, dessen starke Natur keine schlimmen Zufälle befürchten ließ, als gerettet gelten. Er war noch bewußtlos, und Norbert hatte jeden Besuch und jede Erregung strengstens untersagt. In einem Warteraum fand er Lucile, sie kniete vor einem kleinen Wandkruzifix und betete. Etwas verlegen wartete er an der Tür, bis sie ihr Vaterunser zu Ende geflüstert hatte, und als dann noch das Ave Maria dazu kam, konnte er sich nur schwer eines ungeduldigen Räusperns enthalten. Sie schlug sorgfältig ihr Kreuz, dann stand sie auf und schaute ihm frei und vertrauensvoll entgegen. Ihr Gesicht war ruhig, und sie nickte gleichsam bestätigend, als er ihr mit nüchternen Worten rapportierte.

„Ich wußte es", sagte sie lebhaft, – „daß es gutgeht, – schon im Wagen. Und dann habe ich ja für Sie gebetet."

„Für mich?" fragte er etwas befremdet.

„Natürlich", sagte sie mit einem fast verschmitzten Lächeln, – „denn es lag doch alles daran, daß Gott jetzt mit Ihnen war. Ihm konnte er ja nicht mehr helfen, – höchstens durch Sie!"

„Ach so", sagte Norbert heiter, – „ich verstehe. Man segnet auch Fahnen, Waffen und so weiter, damit sie die Schlacht gewinnen."

„Bei Ihnen", sagte sie ernst, – „waren es die Hände. Als Sie mir im Wagen die Zeitung wegnahmen, sah ich sie zum ersten Mal, – und ich erschrak furchtbar davor. Ich hatte noch gar nicht recht begriffen, daß Sie der Arzt sind, ich war ja halb gelähmt, – aber ich erschrak furchtbar, als ich Ihre Hände sah, – und dann wußte ich alles. Ich hätte am liebsten gleich –“

Sie unterbrach sich mit einem Kopfschütteln.

„Was?“ fragte Norbert.

„Ihre Hand geküßt“, fuhr sie rasch fort, – „aber dann, beim Beten, dachte ich immerfort daran. An die Hände nämlich.“

Ihr Blick glitt an seinen Armen herab, wie ihm schien, mit einem Ausdruck von Schauer und Verlangen, und er war irgendwie froh, daß er die Hände zufällig gerade in den Taschen hatte.

Er betrachtete ihr Gesicht, es war etwas blasser als vorher.

„Kommen Sie mit“, sagte er, – „wir wollen frühstücken.“

„Ja“, rief sie, und in ihre Wangen kehrte die Farbe zurück, – „aber viel, und gut!“

Sie saßen in dem kleinen Hotelrestaurant, das um diese Zeit noch menschenleer war. Teils um plötzliche Müdigkeit zu übertauchen, teils aus einer unkontrollierten Laune hatte er Champagner bestellt. Sie trank in durstigen Zügen, ihre Augen bekamen rasch einen dunklen und feuchten Schimmer.

„Herrlich!“ sagte sie, und schob ihm ihr leeres Glas hin.

„Man soll das überhaupt nur morgens trinken“, belehrte er, während er einschenkte, — „sonst ist Wein besser.“

„Vor der Suppe“, rief sie lachend, „sagt mein Vater. — Wissen Sie was?“ fügte sie hinzu und quirlte die Kohlensäure heraus, daß der Schaum überging, — „wenn ihm etwas passiert wäre, — hätte ich mir ein Stückchen Bambusrohr gekauft . . .“

„Bambus?“ fragte er, — „wozu das?“

„Dazu!“ sagte sie, und rieb mit der Fingerspitze rasch auf seiner Hand hin und her, die neben der ihren auf der Armlehne lag, — „zum Reiben! Wissen Sie das nicht? Wenn man Bambus zu ganz kleinen Splitterchen zerreibt und tut es jemandem in ein Getränk hinein, dann reißt es ihm innerlich alles ganz entzwei, viel ärger als Glassplitter, und er muß elend zugrunde gehen. Das hätte ich seinem Mörder eingegeben“, — sagte sie lächelnd, — „vielleicht auch Ihnen“, fügte sie hinzu, — „wenn Sie versagt hätten!“

Er nahm ihre Fingerspitzen in die seinen.

„So grausam können Sie sein?“ fragte er leichthin.

„Manchmal ja“, erwiderte sie ernsthaft, – „das ist wohl sehr scheußlich, wie? – Aber ich kann dann gar nicht anders. Ich habe als Kind einmal eine Katze bestraft, – die meinen Lieblingsvogel gefressen hatte, – ich kann Ihnen gar nicht sagen, wie –! Und später hab' ich dann auch geweint deswegen, und hab's gebeichtet, und hab's wohl auch bereut, – aber doch müßte ich's wieder machen, – wenn es so käme ... Ich meine, wenn mir jemand etwas Schreckliches antut –. Vielleicht finden Sie das unsympathisch“, sagte sie noch, und drehte den Kopf weg.

„Ich finde es nur natürlich“, sagte Norbert, wie von einem rieselnden Schauer erfüllt, und nahm ihre Hand fester.

Plötzlich fuhr sie herum und preßte ihre Lippen auf den Ansatz seines schmalen, langgestreckten Handgelenks.

„Jetzt hab ich es doch getan“, flüsterte sie und grub die Zähne ein wenig in seine Haut.

Er beugte sich nah zu ihr, nahm ihr Gesicht zwischen die Hände.

Ihre Augen verglasten in Schreck, ihr Mund schien wehrlos und überwältigt.

Er küßte sie nicht, aber sein Mund war dicht bei dem ihren, und seine Stimme zwang Sinn und Begreifen in ihre gebrochenen Augen zurück.

„Ich will“, sagte er langsam, — „daß du meine Frau wirst. Verstehst du mich?“ fügte er drängend hinzu.

Sie nickte, tastete nach einem Stückchen Brot auf dem Tisch, schob es zwischen ihre erblaßten Lippen.

„Wirst du mich immer so erschrecken?“ fragte sie nach einer Weile.

„Nur, wenn es sein muß“, sagte Norbert und zog die Brauen in die Höhe.

„Wenn es sein muß — —“, wiederholte sie, „— dann ist es gut.“

Er riß sie in seine Arme, küßte den leisen Aufschrei weg, — stumm, heiß und schmerzhaft.

Wenige Wochen später war die Hochzeit. Der „alte“ d'Attalens konnte bereits in einem Lehnstuhl sitzen, er war in heiterster Laune, trank und aß kräftig und bekam beängstigende Wutanfälle, wenn man ihm sein Burgunderglas wegnehmen wollte. Madame Myrthe, sehr würdig anzuschauen in schwarzem Seidenkleid und schöngewelltem Grauhaar über einer rosigen Jungmädchenhaut, wirkte selbst eher bräutlich als mütterlich, sie hatte bald einen kleinen Rausch und war sichtlich in ihren Schwiegersohn verliebt. Gleichzeitig trug sie einen kindlich übertriebenen Respekt gegen ihn zur Schau und erschrak jedesmal, wenn er sie ansprach. Der Mann, der ihren Gatten gerettet hatte, sein fast schon erloschenes Herz wie einen Beutel genäht und wieder zum Pulsen gebracht, — der Mann, der ihre ländlich ungezähmte, kaum der Nesthut entwachsene Tochter mit einer Handbewegung sich zu eigen machte und aus der Enge ihrer verarmten Landadels- und Offizierswelt heraus in eine kaum vorstellbare Höhe von Glanz, Erfolg und Reichtum emporhob, — für sie kam er fast schon dem lieben Herrgott gleich, und ähnlich ging es dem neugesundeten Marquis, der sicher für jeden anderen ein äußerst lästiger, eifersüchtiger und mäkliger Brautvater gewesen wäre. Luciles beide Eltern waren vollkommen glücklich. Auf sehr taktvolle Weise hatte Norbert es verstanden, Teilnehmer und Linderer ihrer finanziellen Nöte zu werden, er hatte die Gründung einer Art landwirtschaftlicher Produktionsgesellschaft veranlaßt, deren Hauptaktionär er selber war und die nur den einen Zweck hatte, die Schulden ihres Gutes aufzusaugen und abzutragen. Die Hochachtung des alten d'Attalens vor seiner lässig sicheren und herrschgewohnten Noblesse war grenzenlos, und er ließ sich von ihm sogar ohne Widerspruch zu normaler Zeit ins Bett schicken.

Norberts Mutter war nicht gekommen.

Er hatte sie, kurz nach jener ersten Begegnung, in London aufgesucht und war eine Stunde in einem verschlossenen Zimmer mit ihr auf- und abgegangen.

Sie habe gar nichts gegen eine Heirat einzuwenden, sagte Lady Stanhope dem Sinne nach, — und es liege ihr fern, seine Wahl beeinflussen zu wollen, die sicher die beste und richtigste sei. In ihrem Alter jedoch könne sie sich nicht mehr auf die Gepflogenheiten einer anderen Religion einstellen, — und wenn die Hochzeit nicht hier und im gewohnten Stil stattfinde, sei sie leider außerstande, daran teilzunehmen. Norbert war ein wenig erstaunt über diese plötzliche Entdeckung ihrer religiösen Voreingenommenheit, er hatte bisher nie ähnliche Neigungen bei ihr feststellen können, da sie in allen derartigen Fragen durchaus unkonventionell und weltläufig dachte. Vergeblich suchte er ihr klarzumachen, daß der alte Marquis vorläufig noch nicht reisefähig wäre, daß er aus Gründen nahender Berufspflichten, des beginnenden Universitätssemesters und anderer Anlässe, die Hochzeit nicht allzulange aufschieben könne, und daß man ein noch so kindhaftes Geschöpf, wie Lucile es sei, an diesem Tag nicht ohne die Eltern lassen dürfe. — Die Mutter blieb unerbittlich, und auf eine letzte telephonische Intervention hin erklärte sie, an einem rheumatischen Anfall erkrankt und bettlägerig zu sein.

Natürlich hätte Norbert während der Wochen ihres Verlöbnisses die Möglichkeit gehabt, Lucile, obwohl sie den Vater pflegte, für einen Tag nach London zu bringen, um sie mit seiner Mutter bekannt zu machen. Warum er es nicht tat, war ihm selbst wohl kaum bewußt, er versuchte auch gar nicht, sich Rechenschaft darüber zu geben. Vielleicht erfüllte ihn eine heimliche und ahnungsvolle Angst, dies alles könne zusammenbrechen, sich auflösen, verflüchtigen, die Leibhaftigkeit verlieren und nicht mehr wahr sein, sobald die Umgebung, die Luft, die erstmalige und unwiederbringliche Tonart ihres Einklangs wechsle und sich verwandle. — Lucile ihrerseits überließ die Führung in allen Dingen vollständig seiner Hand. Sie hatte sich ihm einfach und ganz ergeben, — wie sich das Land dem Regen und der Sonne, dem Fall der Wetter und Jahreszeiten, der Nacht und dem Himmel dargibt, um den Segen zu empfangen. Sie wollte und forderte nichts von ihm, und sie kannte nicht den Hochmut des Gedankens, daß ihre Jugend ihm ein Geschenk und eine Gabe sei. Sie war für ihn da, und sie erwartete von ihm das Göttliche.

Er selbst war ihrem freien, unbedingten Wesen gegenüber nie ohne eine leise Spur von Befangenheit. Das war nicht die Frau, wie er sie aus vielen, im Gedächtnis ineinander verschwimmenden Begegnungen und Abenteuern, flüchtigen und hartnäckigeren, als reizvoll wandelbaren Fremdkörper in seinem Leben gekannt hatte. — Das war nicht die Frau, wie sie im Bildnis seiner Mutter verpflichtend und unberührbar über ihm stand.

Das war ein völlig neues, unverhofftes Geschöpf, gleichsam aus Gottes erster Hand gefallen, und nur in ihrer Nähe konnte er das empfinden, was ihm durch die allzu hüllenlose Kenntnis des menschlichen Körperwesens fast verlorengegangen war: Furcht — ja Ehrfurcht — wie vor neuem Land — und erstes, brennendes Verlangen.

Als sie, anderen Morgens, auf den kleinen, eisenvergitterten Balkon des Hotels hinaustraten, lehnte sie sich in einer ruhigen Schmiegung an seine Brust und sagte das Wort, das er tief in sich selbst gehört haben mochte:

Ich will ein Kind von Dir.

Das Stanhopesche Haus in der Nähe des Regent's Park war nicht unfreundlicher, auch nicht liebenswürdiger als viele andere Häuser dieser besonders ruhigen und angenehmen Wohngegend: nicht zu alt und nicht zu neu in Bauart und Einrichtung, war es weiträumig genug angelegt, um allen Insassen hinlängliche Freiheit der persönlichen Bewegung und eine gewisse Unabhängigkeit voneinander zu gewähren. Nach Straße und Nachbarvillen war es durch kleine, backsteinummauerte Blumengärtchen und eine rückwärtige Front hoher Laubbäume abgegrenzt.

Trotzdem schien es Lucile, vom ersten Augenblick ihres Eintritts an, von einer düsteren und bedrückenden, feuchtkalten Luft erfüllt, die sich wie eine Kompresse um ihren Hals legte, die unbekannte Art der Schiebefenster, durch die man sich niemals hinauslehnen konnte, brachte sie fast zur Verzweiflung, und selbst wenn die klare Herbstsonne über den frisch gesprengten Rasen des Gärtchens spielte, schien sie ihr wie durch eine Mattscheibe gedämpft und ohne Kraft und Wärme.

Ganz im Gegensatz zu ihrem Empfinden war von Sir Norbert mit seinem Wiedereintritt in die gewohnte Umgebung jeder Schatten, ja jeder Hauch von Benommenheit, Staunen und Scheu, welche ihn noch auf der kurzen Reise in Luciles südlichere Heimat befangen hielt, wie durch unsichtbare Häutung abgefallen, — die stete, hellhörige Bereitschaft und Aufgeschlossenheit, wie sie ein Ausnahmezustand, eine Krise, als Glück oder Gefährdung verleiht, — die leichte, selbsthypnotische Benebelung des Geistes wie durch einen zitternden Holzfeuerrauch, der Entflammtheit von Sinnen und Seele entstiegen, — war jener Haltung gewichen, die für ihn die einzig tragfähige Grundlage seiner Existenz und seiner Leistungen war: Klarheit, Rationalität, kristallische Kantung des Wesens und beherrschtes Gleichmaß.

Daß er für sie, — der er sich auch in Momenten glühender, eruptivster Leidenschaft nie wirklich und voll erschlossen hatte, — die seine Berührung als einen göttlich weckenden Strahl empfand, — auf seine Nähe jedoch, und seine menschliche Faßbarkeit, noch immer wartete, — daß er für sie in dieser grundrißhaft abgezirkelten Klarheit, in dieser Lebens- und Selbstbeherrschung, die keine Rätsel und Dämmerungen zu kennen schien, — immer rätselhafter, immer fremder, immer unbegreiflicher und unnahbarer wurde, — lag außerhalb seines Fassungswillens und -vermögens.

Die Mutter war ihr mit einer gleichmäßig freundlichen Toleranz entgegengekommen, nie hörte sie ein unhöfliches Wort, nie sah sie einen strengen oder abweisenden Blick von ihr, und fast fand Lucile es lächerlich, daß sie sich vor dem Zusammenleben mit dieser schönen, gepflegten und zurückhaltenden Patrizierin heimlich gefürchtet hatte. Bald aber spürte sie eine unübersteigbare Grenze, welche die Mutter ihr gegenüber von vornherein zu errichten wußte, und die sie viel ärger kränkte und härter abstieß, als es schlechtes Benehmen, Haß oder Bosheit vermocht hätten: man behandelte sie als

Gast in diesem Hause, und man verbot es ihr stillschweigend, darinnen heimisch zu werden. Norbert kam und ging, der Beruf beanspruchte ihn Tag und Nacht, in seinen freien Stunden führte er Lucile aus und machte sie mit seinen Kreisen bekannt, in denen man sie entzückend aufnahm, — obwohl sie auch hier nie ganz die Empfindung loswurde, ein wohl gelittener, doch vorübergehender Gast zu sein.

Nach einiger Zeit wurde ihr Zustand merkbar.

Von da an fühlte sie öfters, wenn sie gemeinsam den Tee oder eine Mahlzeit einnahmen, die Blicke der Mutter und Norberts sich treffen und auf ihrer Erscheinung einander kurz begegnen, — aber auch darin empfand sie nicht Wärme oder liebevolle Teilnahme an ihrer Person, — sondern eher eine Art von leidenschaftlicher, herrschsüchtiger und triumphaler Besitzergreifung.

Wenn Norbert nachts allein mit ihr blieb, legte er manchmal mit einer sehr behutsamen und zarten Bewegung das Ohr oder die Hände an ihren Leib und lauschte mit seltsam versponnenem Ausdruck den ersten Stößen und Herztönen des werdenden Lebens. Als Frau berührte er sie fast gar nicht mehr in dieser Zeit, aber er beschenkte sie oft mit Schmuck und schönen Dingen und war in besonderer Weise auf ihr äußeres Wohlergehen bedacht, ohne sie jedoch irgendwie mit Vorsicht oder Vorschriften zu quälen. Seltsamerweise erfüllte sie gerade dieser Zug, — die Neigung zum Beschenken, die artige Ritterlichkeit, die schonungsvolle Umsicht, mit Zorn und Beschämung und mit einer brennenden, kehlewürgenden Einsamkeit. Mehr und mehr verschloß sie sich in sich selber, und all ihre Neigung, all ihre Sehnsucht nach Blut- und Lebenswärme, nach körperlicher und seelischer Nähe, alles Menschlich-Herzhafte und alles Dunkle, triebstark Flutende in ihrem Wesen ergoß und einte sich ganz in die Liebe zu diesem noch ungeborenen Kind. Sie hegte und hütete diese Liebe wie ein Geheimnis, wie eine verborgene Waffe oder ein nur ihr bekanntes mystisch erlösendes Wort, nie sprach sie es aus, nie ließ sie sich dabei ertappen, und am liebsten hätte sie sich zur Geburt wie eine Katze in einen Winkel verkrochen, der selbst dem eigenen Geschlecht versteckt und unzugänglich war. Norbert hingegen redete oft und viel von dem zu erwartenden Nachkömmling, der sich für ihn ohne besondere Erwähnung natürlich als Sohn darstellte, er machte mit seiner Mutter Pläne über Jahre hinaus, Erziehung und Zukunft anlangend, er hatte schon alle mögliche Vorsorge getroffen und es schien für ihn ausgemacht, daß dieser Erstgeborene an Anlagen und Erscheinung ihm ähnlich sein, an Gabe und Begnadung ihn weit übertreffen werde. Sein sonst so vernunftbetontes und skeptisches Denken schien hier ebenso ausgelöscht, wie die Herzenskühle und Gefühlsreserve seiner Mutter: der Wille zum Sohn, zum Enkel, brannte in beiden mit einer ungeduldig verlangenden Leidenschaft.

Die Geburt fand in einer hervorragend geleiteten Klinik statt und war dem besten Gynäkologen des Landes anvertraut.

Norbert, der als Arzt und Gatte dem Ereignis beiwohnen wollte, hatte sich ihrer Bitte gefügt und war ihrer Stunde ferngeblieben.

Dies habe eine Frau, so meinte sie, allein zu tun, — wie ein Mann seine Arbeit, seinen Kampf, seinen Beruf.

Er respektierte ihren Wunsch, mit hochgezogenen Brauen und einem befremdeten, etwas verletzten Zug um den Mund.

Die Nacht, in der die Wehen eingesetzt hatten, verbrachte er lesend in seiner Bibliothek.

Als man ihm in der Morgenfrühe meldete, daß ein Knabe geboren sei und beide, Mutter und Kind, am Leben, – ohne ihm jedoch Näheres mitzuteilen oder in der üblich heiteren Weise zu gratulieren, fuhr er sofort in die Klinik.

Der Chefarzt nahm ihn beiseite und erklärte ihm in einer betont fachlichen Art, mit der er wohl am ehesten seiner schweren Aufgabe Herr wurde, daß die Geburt, trotz anscheinend normaler Lage, unglücklich ausgegangen sei: durch Quetschung des weichen Kinderköpfchens sei eine Schädelkontusion eingetreten, ein Fall, für den kein Arzt und noch nicht einmal eine besonders ungünstige Bauart der Mutter verantwortlich zu machen ist, – und das Kind sei zwar am Leben, jedoch in einem Zustand, der wenig Hoffnung für eine gesunde und normale Entwicklung offen lasse.

Norbert hatte ihn blaß und schweigend angehört, keine Miene veränderte sich in seinem Gesicht. Dann verlangte er, das Neugeborene zu sehen.

Man hielt es in einem besonderen Beobachtungsraum unter ständiger Kontrolle, aber Norbert erkannte bald, daß jeder Versuch eines Eingriffs oder einer chirurgischen Regulierung ausgeschlossen war. Entscheidende Gehirnzentren waren durch die Verletzung lahmgelegt, und es gab vor der Unerbittlichkeit und Endgültigkeit dieser Erkenntnis nichts anderes zu tun, als das Geschöpf, das ohne Schmerz- oder Lustgefühl in einem matten und zuckenden Dämmer lag, am Leben zu erhalten, — an einem Leben, das ihm nie die Gabe des Bewußtseins, der Sprache, der freien Bewegung erschließen würde.

Jede Frau, die einmal geboren hat, kennt jene Ur-Angst, die kurz vor der Entbindung in glutheißen Wellen aufsteigt: das lebendige Wesen, das sich ihr nun entringen werde, könne irgendwie „nicht in Ordnung“ sein, — kein richtiges, zu Ende geformtes Menschenkind, — kein gelungenes Abbild des Schöpfers oder Vaters. Zwangsvorstellungen kommen dazu, über die man später zu lachen pflegt: daß es womöglich nur eine Hand oder zu kurze Beine, eine Mißbildung am Kopf oder gar keine Augen habe, — aber nach einer glückhaften Geburt, wenn zum erstenmal der gesunde Hungerschrei an das Ohr der Mutter dringt, ist das alles wie von hellem Wind zerblasen, und man denkt nicht mehr weiter daran, — so wie ein junger Bauer unterm Anblick einer täglich frischer grünenden Saat sein anfängliches, angstvolles Mißtrauen gegen das Aufgehen dieser dunklen, glatten und reglosen Körner ganz vergißt.

Als Lucile, nach der Erlösung, die erste, hoffend-beklommene Frage stellte, verhehlte man ihr den Zustand des Kindes, und als man es ihr dann brachte, bemerkte sie zunächst nichts Auffälliges an dem sorglich eingehüllten Geschöpf: höchstens eine gewisse Stille und Unbeweglichkeit. Aber schon sein leises, hauchzartes Atmen, das sie am feuchten Finger spürte, rührte sie zu Tränen des Glückes und der Entzückung.

Sir Norbert hatte sie am Morgen nur kurz besucht, und ihre blasse, ermattete Stirn geküßt, dann, indem er ihr Lächeln mit einem knappen, etwas verkrampften Kopfnicken erwiderte, hatte er sich unter einer ärztlichen Entschuldigung, — sie müsse nun ruhen und dürfe sich nicht erregen, — rasch entfernt. Nach Stunden erst kam er zurück und fand das Kind, das die Pflegerin behutsam aus dem Körbchen genommen hatte, in Luciles Armen: ein Ausdruck unendlicher Seligkeit schimmerte in ihren Augen, immer wieder formten ihre Lippen, da das

Haupt noch zu erschöpfungsschwer in den Kissen lag, die Bewegung des Kusses und feuchteten sich wie die zärtlichen Nüstern eines Tieres, wenn es das Junge behauchen oder ablecken will. Er beugte sich über sie, betrachtete lange das reglos liegende Wesen, dessen verformten Hinterkopf man in ein seidenes Häubchen gehüllt hatte.

„Ich werde selbst nähren können", hörte er ihre Stimme, — „der Arzt hat es gesagt. Aber erst morgen —", flüsterte sie, wie mit einem Seufzer der Ungeduld.

Das Kind röchelte ein wenig, die Pflegerin brachte es auf seinen leisen Wink hinaus. Lucile hob ihm mit einer inbrünstig holden Bewegung die Hände nach, und ihre Kehle stieß unwillkürlich einen süßen und schwachen Lockton aus, wie den eines Rotkehlchens oder einer Amsel.

Norbert setzte sich neben ihr Bett, starrte zu Boden. Dann stand er wieder auf, ging zweimal im Zimmer hin und her.

Sie hatte die Augen geschlossen, auf ihrem Antlitz lag noch immer die gleiche selige Versunkenheit.

„Lucile", sprach er sie an, seine Hände umklammerten die Stuhllehne, — „unser Kind —"

Er stockte, rang nach Ausdruck.

Sie aber tastete mit den Fingerspitzen nach seiner Hand und wiederholte, als habe er Worte des Stolzes und der tiefsten Befriedigung in ihren Mund gelegt:

„Unser Kind –!“

Da wandte er sich kurz, ging hinaus. Fast laufend verließ er die Klinik. Fuhr nach Hause.

Sie vermißte ihn kaum. Vielleicht war es ihr eine Art von Erlösung, an diesem erträumten Tage so allein zu bleiben.

Gegen Abend kam Norberts Mutter.

Lucile wollte läuten, damit man das Kind bringe.

Die Mutter wehrte mit einer harten Handbewegung ab.

„Ich habe dein Kind gesehen“, sagte sie und blickte Lucile an.

Lucile erstarrte unter diesem Blick, aus dem ihr Furchtbares und Unbegreifliches entgegenbrannte: Gram, Vorwurf, Urteil, oder ein wilder, schauerlich grausamer Triumph, – wie ihn eine verstoßene Geliebte über das Unglück der Nebenbuhlerin feiern möchte.

Allmählich gerann dieser Blick zu einem blassen und grünlichen Metall, schloß und verwappnete sich wie ein Helmvisier, ebbte zurück in unmenschliche Ferne und Hoheit.

„Es trifft niemanden eine Schuld“, sprach sie mit einer kühlen, abgedämpften Stimme, die von weither zu dringen schien, — „der Arzt hat seine Pflicht getan. Und du wirst jetzt die deine zu tun haben, — deinem Mann und der Welt gegenüber. Es muß alles geschehen, damit er diesen Schlag so rasch wie möglich verwindet. Am besten begibst du dich baldigst in häusliche Pflege zurück und läßt es“, - sie sprach das Wort nicht aus, — „in der Obhut bewährten Fachpersonals. Nach außen hin braucht niemand Näheres zu erfahren, — damit ihm die Schande als Arzt und als Mann erspart bleibt. Man wird sehen, wie man das einrichtet, — so lange es lebt.“

Lucile begriff längst nicht mehr den Sinn der einzelnen Worte, sie war im Bett halb aufgeschnellt wie unter Geißelhieben, und stemmte sich rücklings auf die Hände. Die Zunge lag plötzlich trocken und würgend in ihrem Gaumen, sie fühlte das Haar naß an den Schläfen kleben, in ihrer Kehle brannte ein lautloser Schrei, — aber sie konnte nicht schreien, — es war wie der Traum, in dem man stürzt oder von Trümmern begraben wird, und in ihre Augen trat ein solcher Ausdruck von hilfloser Not und Qual, daß eine Wallung schwesterlichen Mitleidens die Starrheit der andren löste.

„Es ist ein Unglück, das uns alle trifft", sagte sie leise, — „und wir werden es gemeinsam ertragen."

Dabei hob sie, wie unter einer Selbstüberwindung, die Hand und näherte sie zögernd dem jungen schmerzzerrissenen Antlitz unter ihr, als wollte sie es streicheln oder trösten.

Lucile aber, die ihre Worte kaum mehr gehört hatte, sah nichts als diese Hand, die immer größer wurde und näher kam,—eine noch glatte und feste, wenn auch schon etwas matthäutige Frauenhand, an deren Seite ein scharfer, grausamer Stein blitzte, — eine Hand, die mit ihren ruhigen und herrischen Fingern und ihrem elfenbeinernen Glanz in ferner und schrecklicher Weise s e i n e n Händen glich, den Händen des Mannes, des Geliebten, des Feindes — — und mit beiden Armen vorschnellend, stieß sie jene Hand und die über sie hingebeugte Gestalt blindlings zurück, stieß sie weg, stieß mit den Fäusten nach ihr, indem ihr Mund sich in Haß und Abscheu verzerrte:

„Geh! Geh!! Geh!!“

Während Lady Stanhope, mit fest zusammengekniffenen Lippen und herabgezogenem Schleier, die Anstalt verließ, raste die Klingel aus Luciles Zimmer, rannten Hilfsärzte und Schwestern, hallte schauerlich, wie Gebrüll aus tragischen Höhlen oder beraubten Ställen, immer wieder das eine Wort:

„Mein Kind!! Ich will mein Kind!!

Mein Kind!

Mein Kind —“

Das Kind dämmerte hin, keine Bewußtseinsregung war merklich. Es blieb einseitig gelähmt, seine Lebensäußerungen beschränkten sich auf lallendes Röcheln. Außer Lucile selbst bekam es fast niemand zu Gesicht. Gegen den Willen ihres Mannes und seiner Mutter hatte sie es bald nach der Geburt mit heimgebracht und sich in einem von Norberts Zimmern abgesonderten Teil des weiträumigen Hauses eingerichtet, wo sie es, abwechselnd mit einer alten französischen Pflegerin, betreute.

Norbert hatte sich kurz nach ihrer Heimkehr auf eine längere Berufsreise begeben, und als er wiederkam, führte er sein früheres Leben mit

Kommen und Gehen, Arbeit und gesellschaftlicher Pflicht, ohne daß er gegen Lucile, die er wenig sah, sein Verhalten und Wesen merklich geändert hätte. Das Kind wurde nie zwischen ihnen erwähnt, er fragte nicht nach ihm und widmete ihm nur anfangs kurze, ärztliche Besuche. Auch die Mutter vermied es geflissentlich, das Stockwerk zu betreten, das Lucile mit dem Kind bewohnte. Nach außen hin wurde krampfhaft die Legende aufrecht erhalten, daß Norberts Sohn gesund und normal, nur von einer vorübergehenden Säuglingskrise heimgesucht sei.

Einige Wochen nach der Geburt fragte Lucile in einem kurzen, heftig hingeworfenen Schreiben ihre Eltern an, ob sie mit dem Kind zu ihnen nach Hause kommen und dort wieder wie früher bleiben könne.

Die Antwort, die sie umgehend von ihrer Mutter bekam, schloß den Ring ihrer Einsamkeit und unlösbaren Verkettung.

Norbert hatte ihnen längst den wahren Sachverhalt persönlich mitgeteilt.

Die einfach denkenden alten Leute, die von ihm in jeder Weise abhängig, ja ihm bis zur Hörigkeit ergeben waren, hatten sich damit abgefunden, die Katastrophe als harte Himmelsfügung hinzunehmen, und Norberts Wunsch, man möge dieses Kind als ungeboren betrachten und auf eine bessere Zukunft warten, zu dem ihren gemacht.

„Dein Mann“, schrieb Madame Myrthe, „ist dir vom Himmel gegeben, und bedenke, was er für deine Eltern tut. Dein Vater, der in letzter Zeit manchmal blaue Backen bekommt, was dem Doktor Levoisseur gar nicht gefällt, würde eine Trennung nie überleben. Hast du vergessen, daß du vorm Priester an Gottes Statt dich ihm vermählt hast, und daß das Weib dem Manne nachfolgen muß, so lang es die Sonne bescheint? Er ist der edelste Mensch unter der Sonne. Auch Frau zu sein, ist ein Beruf, und jeder Beruf verlangt seine Opfer. Aber eine Frau, die ihr Haus verläßt, ist von den Menschen verachtet, von den Eltern verstoßen, von Gott verdammt.“ —

Von den Menschen verachtet, von den Eltern verstoßen, von Gott verdammt.

Lucile las diesen Brief wieder und wieder, die seltsame und naive Verbindung von gläubiger Frommheit mit den materiellen Vorteilen, die ihre Ehe für die Eltern bedeutete, erbitterte sie nicht, sondern bewegte ihr kindliches Herz, das mit den gleichen, irdisch-mystischen Fäden an Gott gebunden war, und der Hinweis auf die blauen Backen des Vaters rührte sie zu lächelnden Tränen. Sie lächelte, und sie schmeckte Salz auf den Lippen. Sie verstand ihre Eltern, sie beugte sich ihrem Wort, und sie wußte, daß es von ihnen keine Hilfe und keinen Trost mehr gab. Der Ring war geschlossen, — das Band ihres Schicksals unlöslich geknüpft.

Norbert, obwohl ihm äußerlich wenig anzumerken war, fand in diesen vorsommerlichen Wochen kaum Schlaf. Nächtelang wanderte er zwischen seinem Bettraum, den er früher mit ihr geteilt hatte, und seinem Arbeitszimmer, in welchem er medizinische Instrumente und Hilfsmittel aufbewahrte, hin und her, — oder stand plötzlich reglos gebannt an irgendeiner Stelle.

Oft sah Lucile, wenn sie noch spät am Fenster ihres Stockwerks lehnte, seinen Schatten schmal und unbeweglich, statuenhaft, hinter der Gardine. Dann stieg wohl eine kurze, schmerzhafte Sehnsucht in ihr hoch, — und manchmal ein Gefühl von leiser Schuld und Reue. Aber das zerging wie rascher Dunst vor den bittren und kalten Windstößen ihres Hasses.

Sie haßte ihn.

Sie haßte zum erstenmal, sie haßte mit der scheuen Heftigkeit einer Liebenden.

Er hat mich allein gelassen, — er war es, — nicht ich!

Er hat sich von mir gewandt, in einer Stunde, in der ich ihn mehr brauchte, als je ein Mensch den andern.

Er hat mich genommen, er hat mich zu seinem Geschöpf gemacht, und dann hat er mich vergessen.

Er hat mich geweckt wie ein Gott, — aber er hat mich niemals wie ein Mensch geliebt.

Sie löschte das Licht, entkleidete sich im Finstern.

Tief in der Nacht fuhr sie aus dem Schlummer, der seit der Geburt stets leicht und zerbrechlich war.

Eine plötzliche Unruhe trieb sie zu ihrem Kind, — ihr war, als habe sie es im Traume rufen hören, mit einer hellen, klaren und erwachten Stimme.

Als sie die angelehnte Tür zwischen dem Kinderzimmer und dem ihren aufstieß, erblickte sie in dem von der Nachtlampe matt erhellten Raum ihren Mann, der lautlos zum Bett des Kindes hintrat und sich mit einer langsamen, fast qualvollen Bewegung der Schultern über es beugte. Seine Hand hielt einen länglichen Gegenstand. Ihr Aufschrei riß ihn wie ein Hieb in die Höhe. Er barg die Hand auf dem Rücken, starrte ihr ins Gesicht, totenblaß, mit dunkelverschatteten Augen und einem Ausdruck von Grauen vor sich selbst, der ihr das Blut stocken ließ.

Mit einem Satz war sie zwischen ihm und dem Kinderbett, ihre Blicke brannten ineinander, es war, als ob ein tödlicher, übermenschlicher Haß sie verkette. Dann sprang sie, besinnungslos, ihn an, würgte ihn, schlug mit den Fäusten auf ihn ein, ihr Mund gellte ein unverständliches Wort. Er wehrte sie ab, hielt ihr den Mund zu, etwas Gläsernes zerklirrte am Boden, mit der Kraft einer Rasenden warf sie ihn zurück, ihr Schrei weckte das Haus, Fenster wurden hell, Schritte liefen, die alte Französin erschien schlaftaumelnd, schlotternd und hilflos in der Nebentür.

Im Zimmer erhob sich ein seltsamer, scharf beißender Geruch.

Lucile warf sich am Bett des Kindes, dessen Dämmerschlaf kaum gestört war, auf die Knie, bedeckte es mit Küssen.

Norbert gab einen kurzen, knarrenden Befehl:

Es sei etwas zerbrochen, das habe die Herrin erschreckt, man solle aufwischen.

Dann ging er, ohne seine Mutter, die auf den Gang vor ihren Räumen getreten war, zu bemerken.

Am andren Morgen bat er Lucile in sein Arbeitszimmer.

Beide schienen ruhig und gefaßt.

Er vermied ihren Blick nicht, sah ihr fest ins Gesicht.

„Ich wollte das Kind töten", sagte er, mit einer gleichmäßig unerregten Stimme, in der doch Tieferes mitschwang, als er je in Worten ausgedrückt hätte, — „ich wollte es töten, mit einer Lösung, die unmerklich einschlummern läßt.

Vor dem Gesetz wäre das Mord.

Vor m e i n e m Gesetz — wäre es Befreiung.

Vor meiner Überzeugung wäre es, auch wenn es sich um andere Menschen handelte, ein Akt der Notwehr, eine erlaubte und gerechte Tat.

Aber ich gebe zu, — daß ich es außerdem hasse.

Das mag mich, in deinen Augen, schuldig sprechen.

Es hat uns getrennt.

Es hat uns zu Feinden gemacht.

Früher —", —

eine plötzliche Aufwallung von leidenschaftlicher Trauer verdunkelte seine Stimme und seine Augen —

„früher — warst du bei mir."

Er wandte das Gesicht ab, seine Hände bebten.

Dann, nach einer Weile, indem sein Rücken sich straffte, sagte er leise und hart:

„Es muß Klarheit werden zwischen uns."

„Klarheit", wiederholte Lucile, — als spreche sie ein Wort aus, in dem alle Schuld und alle Bitternis des irdischen Lebens enthalten sei.

Er wollte mein Kind morden, dachte es in ihr. Ich muß es wegbringen. Ich muß es schützen vor ihm ...

Gleichzeitig wußte sie sich dem Mann, der da in Stolz und Härte vor ihr stand, unrettbar, unlöslich verknüpft und ausgeliefert, sei es durch Haß, sei es durch Fügung oder Gottes Urteil.

„Was soll geschehen?" fragte sie und blickte ihn offen an.

„Du mußt das Opfer bringen", sagte er.

Es war keine Trauer mehr um seinen Mund, er lehnte rücklings am Arbeitstisch, und seine Hände bargen sich, wie oft, lässig in den Rocktaschen.

„Welches?“ fragte sie tonlos.

„Du mußt das Kind fortgeben“, sagte er, „es gibt keinen anderen Ausweg.“

Sie nickte, mit einem gelähmten und starren Gesicht.

„Es wird in guter Obhut sein“, fuhr er fort, „weit von uns, — und weit von unserer Welt. Du kannst es selber wegbringen, wenn du willst. Dann aber kehrst du zurück, — zu deinem Leben, — zu deiner Pflicht.“

„Bist du einverstanden?“ fragte er nach einer Pause.

Er stand hoch aufgerichtet, sie sah ihn wie durch eine gläserne Wand.

„Ja“, sagte Lucile, — und es war, als spreche jemand zum Himmel: Ja. Ich nehme das Urteil an.

Sainte Querque sur mer ist ein kleines Fischerdorf an der französischen Westküste, ein Häuflein armseliger Hütten mit moosigen, windgezausten Strohdächern. Manchmal, wenn die

Fischer den großen Sardinen- oder Heringszügen tage- und wochenlang folgen, und ihre Weiber und Kinder, wie eine Horde Nomaden, an der Küste entlangziehen, um die frische Beute zu trocknen und zu salzen, liegt das Dörfchen fast ausgestorben, nur ein paar Wehmütter bleiben bei den Säuglingen zurück, und Greise, die mit zittrigen Fingern in altem Netzwerk knoten.

Das Meer läßt hier nur bei Ebbe einen schmalen Strandsaum frei, — bei Flut wirft der Atlantik seine zornige Brandung bis hinauf in die steilen Felsklippen. Dort, auf einer hochgetürmten Kuppe, ragt die kleine Wallfahrtskirche „Notre Dame de l'Espérance", zu der die Fischerfrauen zweimal im Jahr pilgern, um Wettersegen zu erflehen, — und dahinter, vom sandfarbenen Fels kaum unterscheidbar, das alte Nonnenstift, in welches Lucile ihr Kind brachte. —

Man hatte diesen weltverlorenen Ort auf Norberts ausdrücklichen Wunsch gewählt, — und Lucile war es gerne zufrieden, das Kind, konnte sie es doch nicht mehr bei sich haben, jedem menschlichen Auge oder Zugriff entzogen und gleichsam versteckt zu wissen. Sein Zustand machte ärztliche Beobachtung oder Behandlung sinnlos und überflüssig, das gleichmäßige Klima der durch den Golfstrom auch im Winter temperierten Küste und die pflegliche Fürsorge der Nonnen mochten sein schwaches Lebensflämmchen behüten.

Sie hatte das Kind selbst hingebracht und war noch einige Tage dort geblieben, wo sie einen schmalen, zellenartigen Raum im Stift bewohnte. Außer dem Kruzifixus und einem Marienbild schmückte nichts die weißgetünchten Wände. Durch das enge, spitzbogige Fenster sah sie die graugrüne Wüste der See.

Das leichte Gebrause von ferner Brandung, Litaneien und Wind, das wie ein steter, zitternder Strom die kühlen Steinmauern durchrann, der seltene Umgang mit den ernsten, schweigsamen, von Lebensgleichmaß und Entsagung ein wenig stumpfsinnigen Ordensfrauen, die zeitlose, versteinte Unwirklichkeit dieser abgeschiedenen Welt hatte sie selbst in eine Art von traumverwehtem Dämmerschlaf gelullt, in dem ihr alles eigene Dasein, Vergangenheit wie Zukunft, Schmerz, Zweifel oder Hoffnung, unendlich fern und fast von ihr abgelöst erschien. Sie lebte in gestaltlosen Träumen, wie ihr Kind, wie die wolkige Ferne um sie her, ihre Seele war tief unter den Meeresspiegel hinabgesunken, wiegte sich mit den Ertrunkenen zwischen gleichmütig wehenden Seegewächsen und wußte nichts von der Posaune des Erzengels, vom Gericht und von der Auferstehung. Sie hätte immer so leben mögen.

Zwei Tage bevor sie abreisen wollte, starb das Kind.

Es starb ohne Schmerz und Bewußtsein, wie es geatmet hatte, es wurde aus einem Schlaf nicht mehr wach und dämmerte still hinüber.

Als Mater Annunciata, die große, dunkelhäutige Oberin, deren Kopf an die Bilder Savonarolas erinnerte, wie ein schwarzer Engel in Luciles Zelle erschien, um ihr die Botschaft zu bringen, wußte sie es sofort und war kaum erschrocken.

Nach einer Nacht, die sie mit den rosenkranzmurmelnden Schwestern am Totenlager durchwacht hatte, ließ sie den kleinen, bläulich erstarrten Körper, ging hinaus in den frühen Wind, den Steilweg klippenabwärts, zum Dorf hin. Noch leicht benommen von Übernächtigkeit und dem Rauch aus Weihkessel und Kerzengeflimmer, füllte das fliegende Morgenlicht und die scharfe, salzgetränkte Luft ihr Haupt und ihre Nerven wie mit einem plötzlichen, fast qualvollen Geprickel, sie taumelte ein wenig und war ganz verwirrt. Sie wußte nicht mehr: darf sie nun glücklicher sein, ist es eine Erlösung, oder soll sie in tiefere, dunklere Trauer stürzen?

Da sah sie, auf dem verlassenen Steinpfad vom Dorf durch die Klippen, die Gestalt eines Mannes ihr entgegenschreiten.

Er ging weit ausholend und doch nicht sehr schnell, und schon aus seinem Gehen kam eine große Sicherheit und ein beschwingtes Gleichmaß auf sie zu, wie aus einer milden, heiteren Musik.

Näherkommend sah sie ein junges, kühnes, wie aus Bronze geformtes Gesicht, aus dem das blaue Feuer eines Augenpaares von himmlischer Kraft und Wärme in sie einstrahlte.

Der Mann trug keinen Hut, lichtbraune Haare flatterten um seine Schläfen. Dachte sie später an diesen ersten Anblick zurück, so empfand sie ihn nicht wie die Begegnung mit einem Mann, — eher wie die Erscheinung eines überirdischen Wesens, — und sie erinnerte sich deutlich ihres schmerzhaft starken Wunsches: er möchte nicht vorübergehen.

Als sie dann auf dem schmalen Weg zusammentrafen, neigte er, ihr ausweichend, kurz den Kopf und ging vorüber. Aber sie wußte, er hatte sie angeschaut, wie sie ihn.

Nach ein paar Schritten blieb sie stehen, ohne sich umzudrehen, lauschte dem Verhallen seines Ganges auf den Stufen zum Stift hinauf.

Sie wußte nicht mehr genau, warum sie ins Dorf gewollt hatte: vielleicht auf die Post, um eine Nachricht von dem Geschehenen nach London zu senden. Aber die Post war wohl um diese Stunde noch gar nicht geöffnet.

Langsam wandte sie sich, schaute zur Kirche hinauf, vor der die niedrigen Grabkreuze eines kleinen Friedhofs in den Himmel ragten.

Die Gestalt war verschwunden.

Sie rastete kurz auf einem Felsenvorsprung, sah die dünnen Schaumnetze des morgendlich verebbenden Meeres auf geglättetem Sand, hörte das ferne Schreien streitender Möwen.

Gleichzeitig begann das magere Totenglöckchen im Stift zu läuten.

Man bereitete das Begräbnis ihres Kindes vor.

Sie stand auf, stieg zur Höhe zurück.

Die Oberin, die ihr zwischen Kirche und Stift begegnete, wies sie ins Refektorium: sie werde dort erwartet.

In der Mitte des leeren Raumes, hinter einem

langen Tisch, saß, als sie eintrat, der Mann, den sie in den Klippen getroffen hatte, — Schreibzeug und Akten waren vor ihm ausgebreitet.

Er erhob sich, blickte sie an.

„Sie sind — die Mutter?“ fragte er.

Sie nickte nur.

Er nahm ihre Hand, hielt sie einen Augenblick.

„Ich bin der Kreisarzt, Raymond Duquesnoy“, sagte er, und bot ihr einen Stuhl.

„Ich muß Sie nur um ein paar Daten bitten“, fuhr er fort, und, mit einem leisen Lächeln, wie zur Entschuldigung:

„Es ist gleich vorüber.“

Er fragte rasch und bestimmt, was er zur Ausfüllung des Totenscheines brauchte. Während sie antwortete, überkam sie eine unendliche Ruhe und Leichtigkeit. Sie ließ den Blick nicht von seinem im Schreiben vorgeneigten, knabenhaft kräftigen Kinn. Er löschte die Schrift ab, hob den Kopf.

Sie blieb in den starren Holzstuhl zurückgelehnt.

Sein Blick senkte sich in ihr Herz.

„Ich bitte Sie“, sagte er mit einer sehr ruhigen und festen Stimme, „nicht untröstlich zu sein.

Ich glaube, daß es so kommen mußte und daß es besser ist.“

Er nahm die Papiere zusammen, schob ihr den Schein hin.

„Ich danke Ihnen“, sagte er, sich erhebend.

Sie machte eine kleine Handbewegung, — als wollte sie ihn zurückhalten.

„Gehen Sie nun gleich wieder fort?“ fragte sie und sah ihn fast angstvoll an.

„Eigentlich“, sagte er, „müßte ich zur Stadt zurück . . .“

Er zögerte kurz.

„Soll ich noch bleiben?“ fragte er dann einfach.

„Ich wäre sehr froh“, sagte Lucile leise, „ich bin hier ganz allein. — Aber Sie werden nicht bleiben können —“, fügte sie rasch hinzu.

„Doch“, sagte er, und, wie ihr schien, mit einer beglückten Stimme, „ich werde bleiben!“

Von der Kirche her tönte Gesang herauf, einförmig, dunkel.

„Vielleicht bis nach dem Begräbnis“, sagte sie.

Er nahm ihren Arm, sie stützte die Hand auf ihn.

„Bis nach dem Begräbnis“, wiederholte er sorglich und führte sie hinaus.

Gegen Mittag begann die Flut wieder zu steigen. Aber noch lag der Streifen Sand unter den Klippen glatt und unberührt, von keiner Fußspur betreten, wie erstes, meerentstiegenes Land.

Lucile war an dem frisch geschlossenen Grab allein geblieben. Die Nonnen waren, litaneiend, ins Stift zurückgekehrt, ihr Gemurmel zugleich mit dem scheppernden Glöckchen verebbt, nun war eine Stille um sie, welche im wahrhaften, endgültigen Sinne „Grabesstille“ hieß und deren lautlos dröhnende Stimme immer das eine Wort wiederholte: Allein. Sie versuchte zu beten, aber sie konnte nicht. In ihrem Leib war ein Gefühl unendlicher Leere, — als hätte sie noch einmal, fruchtlos, geboren. Die nackte Erde blickte sie fremd und unerbittlich an.

Sie wußte, das kleine Bündel Körper, das dort unten lag, hätte sie nie erkannt, nie von den anderen unterschieden. Aber es war ihr Kind, — wie es auch war. Es war ihr nahe gewesen, — und jetzt blieb sie mutterseelenallein.

Als sie, fast blind vor ungeweinten Tränen, das rostige Friedhofsgitter hinter sich schloß und noch eine letzte Hand an die knirschende Klinke geklammert hielt, erblickte sie, wie durch einen Nebel, den jungen Arzt, der dort auf sie gewartet hatte.

Daß er noch da war, daß er hier auf sie wartete, — daß er ihr wortlos den Arm bot und sie, als führe er sie von sich selber und ihrer Not hinweg, an den Stationen des Kreuzwegs vorbei zum Strand hinab geleitete, — all das erfüllte sie mit einer so tiefen, tröstlichen und selbstverständlichen Ruhe, als hätte es gar nicht anders geschehen können.

Bei den letzten hohen Stufen gab er ihr die Hand. Sie ließ sie nicht los, als sie den Strand entlangschritten.

Bald sah man die Kirche nicht mehr, See und Klippen dehnten sich unermeßlich. Der Wind sang leise in ihren Ohren.

Er ging neben ihr. Er führte sie. Ihre Schritte klangen zusammen. Sie war nicht mehr allein.

Nach einer Weile hob sie ihm ihr Gesicht zu, mit großem, gestilltem Blick.

„Raymond", sagte sie, wie sich besinnend, „Raymond . . . Den anderen Namen — hab ich vergessen."

„Lucile", sagte er und legte den Arm leicht um ihre Schulter.

So gingen sie langsam weiter.

Es war keine Scheu zwischen ihnen, auch nicht die Fremdheit, die Furcht und die Lockung der Geschlechter. Es war, als hätten sie an der gleichen Mutterbrust gesogen. —

„Du bist jung", sagte Lucile nach einer Weile.

„So alt wie du", sagte Raymond lächelnd.

Die Sonne fiel aus den Wolken, blendete sie, sie gingen weiter mit halb geschlossenen Lidern.

„Sind wir nicht schon einmal so gegangen?" fragte sie leise.

„Immer", sagte Raymond.

Der Wind flirrte um ihren versunkenen Gang, warf Sand in ihre Spuren.

Plötzlich hielten sie an, schreckten empor.

Ein hartes, klapperndes Geräusch hatte sie ereilt, das sich in kurzen, beklemmenden Abständen gleichmäßig wiederholte.

Es klang wie Getrappel von Holzschuhen auf steinernen Fliesen oder wie Schläge mit einem Dreschflegel gegen eine hohle Wand.

Sie klammerte sich fest an seinen Arm, — er schritt langsam vorwärts, — fast auf Zehenspitzen näherten sie sich der in die Klippen eingeschnittenen Landbucht, spähten um die Ecke.

Da stand ein verlassenes Haus, von einem halb niedergebrochenen Zaun und einer Dornenhecke umgeben.

Es war eine Villa, wie man sie vor einem halben Jahrhundert in Küstenorten gebaut hatte, ehemals weiß und hell, jetzt sichtlich unbewohnt und verwittert, vom Sand angeweht, von den Spinnweben der Vergängnis behangen. Die Fenster waren mit staubgrünen Holzläden verschlossen, einer hatte sich gelockert und klapperte gegen die Hauswand im auf- und abschwellenden Wind. Näherkommend, lasen sie überm Tor in verblichenen Lettern den Namen, den längst verschollene Besitzer wohl dem Haus gegeben hatten: Passiflora, — und an den geschützten Seiten waren die Mauern mit vermorschtem Holzgitter bedeckt, daran sich bis zum Dach hinauf in ungeschnittenem Gewucher die Ranken der Passionsblume zogen. Sie stand in ihrer kurzen Jahresblüte, die seltsamen, grünlich-weißen Sterne, auf denen der blaugerandete Fadenkranz und in starkem Lichtgelb Stempel und Staubgefäße die Leidenssymbole des Herrn darstellen, leuchteten überall.

Hand in Hand umschritten sie das Haus.

Raymond lehnte den losgebrochenen Laden zurück: durch ein leeres, scheibenloses Fenster sah man in ein dämmriges Schlafgemach, mit alter, verhängter Bettstatt und bezognen Möbeln.

Halb von knabenhafter Neugier, halb von der Stille und Weltverlorenheit des Ortes gezogen, schwang Raymond sich plötzlich über die niedre Fensterbank und tat ein paar Schritte in den unbewohnten Raum.

Dann trat er zum Fenster zurück, streckte die Arme nach ihr, hob sie hinein.

Am nächsten Abend kehrte Lucile nach London zurück. Sie hatte keinerlei Nachricht gegeben. Der Totenschein des Kindes lag zusammengefaltet in ihrer Handtasche. Sie kam am vereinbarten Tag, zur festgesetzten Stunde.

Norberts Wagen hatte sie am Schiff abgeholt.

Noch im Reisekleid betrat sie die große Halle.

Norbert und seine Mutter saßen einander gegenüber, in tiefen Sesseln dicht beim Kamin, in dem trotz der Sommerszeit ein Feuer brannte. Sie schienen mitten in einem Gespräch verstummt. Beide blickten sie an, die mit einem abwesenden, fremden Lächeln vor ihnen stand, und als Norbert sich nun erhob und dem Diener winkte, zu gehen, war es wie ein Gericht, das über einen Schuldigen Recht sprechen wird.

Norbert, noch ohne ihr die Hand zum Gruß entgegenzuheben, trat auf sie zu.

„Du bist zurückgekommen“, sagte er, ohne Staunen oder Beglückung, als bestätige er etwas Natürliches und längst Bekanntes, „jetzt mußt du wieder g a n z hier sein. Bei mir. Bei uns. Bei dir selber. Denk dir, — das Kind sei tot. Denk dir, es sei — in der Erde, im Himmel, wie du willst, — denk dir, es habe nie gelebt.“

Ihr Gesicht hatte sich zugeschlossen, sie senkte den Blick, man sah ihre Augen nicht. In die Haltung ihres Nackens und ihrer Knie kam unmerklich etwas zum Sprung Geducktes, stumm, tückisch, verschlagen.

„Du mußt es vergessen“, sagte die kühle Stimme der Mutter, „du darfst nie mehr dorthin zurück. Nie wieder.“

In dem kurzen, kamindurchflackerten Schweigen war es, als knisterten Funken in Luciles reiseverwirrtem Haar.

Plötzlich warf sie den Kopf zurück, — in verzweifelter Abwehr.

„Ich muß wieder hin!“ stieß sie vor. — „Ich m u ß wieder dorthin!“

Dann ging sie, rannte treppauf, hart atmend durch das leere Zimmer des Kindes, in ihr eignes, verschloß die Tür hinter sich, nahm den gefalteten Schein aus der Tasche, riß ihn in Fetzen.

Mit ihrer Rückkehr nach London schien Lucile wie verwandelt, — ein anderes, neues Wesen hatte von ihr Besitz ergriffen. Das Geheimnis, das sie mit sich trug, belastete sie nicht mit Schuld oder Reue, — es umgab sie wie eine unsichtbare Wappnung, es füllte sie mit einer nie gekannten, trotzigen Lebenskraft. Sie kämpfte darum, wie sie einst um das noch lebende Kind gekämpft hatte, sie empfand es als einen aufgezwungenen, als einen gerechten und heiligen Kampf, und jetzt war sie nicht mehr die Unterlegene, die sich verbarg und einschloß, deren unverheilte Wunde vor jeder Berührung zitterte: jetzt war sie unverwundbar, und das Bewußtsein der versteckten Waffe machte sie Norberts vulkanisch unterhöhlter Beherrschtheit und der glimmenden Wesensfeindschaft seiner Mutter gewachsen.

Im äußeren Sinne tat sie ihre Pflicht wie nie zuvor: sie war nicht mehr Gast in diesem Hause, sondern seine Herrin, die man weder durch

Höflichkeit noch durch Übersehen beiseiteschieben und ausschalten konnte, – sie führte das Leben einer Dame von gesellschaftlicher Einordnung und Repräsentation, – ohne Widerstand, ohne Fehde hatte sie sich eine Stellung erobert, die sie an Norberts Seite gleichberechtigt, ja souverän erscheinen ließ. Sie war jetzt zu voller fraulicher Schönheit erblüht und beide boten, sah man sie in Gesellschaft, den Anblick eines von keinem Schatten beschwerten, stolzen und glanzvollen, mit allen Glücksgütern gesegneten Paares. Das Kind, das zwischen ihnen niemals erwähnt wurde, war der Welt gegenüber, angeblich zur Ausheilung einer Erkältungskrankheit, vorübergehend in ein südlicheres Klima verpflanzt worden. Natürlich wurde in den Kreisen von Norberts Kollegen und Bekannten über die Tatsache jener unglücklichen Geburt geflüstert, aber man respektierte nach außen hin seine verständliche Geheimhaltung. Die Wahrheit wußte, außer den weltfernen Ordensfrauen, die das kleine Grab wie andere Gräber pflegten, nur Lucile selbst, und jener Mann, der den Totenschein ausgeschrieben hatte.

Norbert erreichte in dieser Zeit die höchsten beruflichen Erfolge, er brillierte in Ärztekollegien und in wissenschaftlichen Gesellschaften, ein Übermaß von Arbeit schien jede andre Regung in ihm zu ertöten. Fast nie war er allein, — kam er von der Klinik heim, stand schon der Diener zum Umkleiden bereit, — und wenn Lucile ihm spät nachts nach einer Gesellschaft oder einem Konzertbesuch die Hand zum Abschied bot und in ihr Zimmer ging, fuhr er oft noch in einen Klub, wo er seine überwachen Nerven durch die Spannung des Spiels beruhigte.

Er behandelte Lucile mit einer kühlen, achtungsvollen Zurückhaltung, die die Kluft zwischen ihnen noch tiefer aufriß. Seine stolze und einsame Selbstbezogenheit machte ihn unfähig, zu ahnen oder zu begreifen. Vielleicht glaubte er, die Zähe der Zeit werde Luciles grausame Verhaltung mürb machen und zerbrechen. Er begehrte sie heftiger als je. Aber es lag nicht in seiner Art, zu werben.

Im Frühherbst reiste sie zum zweiten Male nach Sainte Querque sur mer. Es hatte darüber keinerlei Auseinandersetzungen gegeben.

Sie teilte ihm zu einem Zeitpunkt, da ihn selbst eine Berufung für kurze Frist ins Ausland holte, einfach mit, daß auch sie einige Tage zu verreisen wünsche, und fragte ihn, wann er sie hier wieder brauche.

Er nickte nur, um einen Schein blasser geworden, und nannte ihr das Datum seiner Rückkehr.

Raymond Duquesnoy war kaum ein paar Jahre von der Universität weg und hatte in Marquette, dem kleinen westlichen Kreisstädtchen unweit der Küste, seine erste selbständige Landpraxis übernommen, — wohl mehr, um seine Berufskenntnisse zu erweitern, als um zeitlebens dort zu bleiben. Seine Lehrer und Studienfreunde setzten höchste Hoffnungen auf ihn, man rechnete damit, daß er in absehbarer Zeit an ein internationales wissenschaftliches Institut berufen werde. Mit der feurigen Angriffslust seiner Jahre widmete er sich der Erforschung und Bekämpfung einer bestimmten, seuchenartigen Krankheit, welche in seiner bretonischen Heimat strichweise die Küstenorte heimsuchte, und deren Opfer hauptsächlich junge Frauen und Kinder wurden. Im Volk nannte man sie „Die Fischerkrankheit“, und nahm sie mit einem Gleichmut hin, als gehöre sie zu den Wechselfällen der Witterung und des Jahres.

Raymond hatte durch diätetische und Serumbehandlung enorme Erfolge erzielt, die Kindersterblichkeit war seitdem um nahezu die Hälfte zurückgegangen, und zuletzt hatte er es mit einer neuartigen Impfung versucht, die sein eigenes Wagnis bedeutete, und deren entscheidende Wirkung sich, wie er hoffte, etwa in Jahresfrist endgültig gezeigt haben müßte. In der Bevölkerung, die sonst nicht gerade sehr arztfreundlich war, liebte und verehrte man den stets herzlich heiteren, stets hilfsbereiten, stets aller menschlichen Drangsal aufgeschlossenen Jüngling weit über das gewohnte Maß, und er selbst glaubte an sich, an seinen Beruf, an den Sinn seines Lebens, mit der schönen ungesicherten Bereitschaft, dem Einsatz, der Hingebung und Opferkraft seiner Jugend. Alles an ihm war Ansturm, Aufstieg, Beginn und Versprechen, — und wie sein Denken und Tun, war das Wesen seiner Liebe: vom hohen Mute beseelt. Auf ihn traf im besten und edelsten Sinne der Name: Jüngling. Juvenis. Der werdende Mann. Der sich entfaltende Mensch.

Seit Lucile ihm begegnet war, stand sein tätiges Leben gleichsam unter der Bestrahlung eines unablässigen Wartens, einer unstillbaren

Sehnsucht, einer übermächtigen Verbundenheit, die keine Zeit und keine Entfernung kannte. Es gab keine Nachricht und keine Botschaft zwischen ihnen, aber er wußte immer, sie werde wiederkommen, — und als er sie eines Tages in Armen hielt, war weder Frage noch Zweifel, sie fühlten einander, gehörten einander, alles andre war Schein, Traum, Vergängnis, nur diese stürmische Verschmelzung, dieser Einklang ihrer Herzen, dies: Ineinander-Münden war Leben, war Wirklichkeit.

Von einem Häusermakler in Saint Malo hatte Lucile für einen Spottpreis das wertlose, schadhafte und verlassene Haus „Passiflora" gemietet, und es blieb weiterhin schadhaft und verlassen, die grünen Fensterläden wurden nicht geöffnet, der Tag drang dort nicht ein, kein fremdes Auge sah seine seltenen Bewohner. Der Schleier ihres Geheimnisses war vollkommen gewebt. Höchstens in den Nächten verließen sie den Raum, der die unermeßlichen Ewigkeiten ihrer Umarmungen beschloß und behegte, unter Wolken und Sternen fanden sie sich am Strand, in den Klippen, an den Stätten ihrer ersten Begegnung. Es war noch warm, sie gingen barfuß über die Hänge, scharfe Dünengräser und Disteln marterten ihre Haut, sie fühlten es kaum, alles war Lust und Liebkosung. In einer föhnigen Herbstnacht liefen sie nackt in die peitschende Brandung, schwammen lange im ungewiß glimmenden Geleucht, viel zu lange, und wie von einer lautlos jauchzenden Todsucht erfüllt, bis er ihren halberstarrten Körper an Land zerrte, mit blutigen Lippen und schlagenden Händen zur schmerzhaften Seligkeit ihres Lebens, ihrer Jugend zurück riß. Ein solches Übermaß von Seligkeit und Schmerz, von Glück und Verzehrung entflammte sie in diesen kurzen Tagen zwischen Ankunft und Ende, daß es alle irdischen Grenzen sprengte: war ihre Liebe sündhaft, so war sie doch ohne Schuld, — war sie schuldlos, so trug sie doch ihr Verhängnis. Es war mehr, als die Götter erlauben.

Nie nahmen sie Abschied. Nie wußte Raymond den Tag oder die Stunde ihrer Trennung voraus. Nach einer Umarmung, einer langen Versunkenheit, einer Stunde tiefsten Einverständnisses in Schweigen und Rede spürte Raymond aus ihrem Blick, daß er sie nun verlassen solle, — daß die Zeit um sei. Und er ging, als wolle er nur vor die Tür hinaustreten, um nach einer Minute wiederzukehren. Für ihn war die

Zeit, die dann abrann, weniger als Minuten, es war tote Zeit, Pause. Die Uhr blieb stehen, wenn die Geliebte verschwand.

Was sie noch tat, wenn er gegangen war, blieb ihm unbekannt: ob sie das Grab dann besuchte, betete, sich entsühnte, bevor sie in ihre andere Welt, von der er nichts wußte und nach der er nicht fragte, zurückfuhr. Auch dort wurde nicht gefragt, – obwohl von Mal zu Mal die schweigende Spannung ins Dunkle, ins Drohende wuchs. Noch zweimal im Ablauf dieses Jahres, in dem seine Pflicht ihn an die Küste band, erhielt Raymond das erhoffte und unverhoffte Telegramm, das nur die beiden Worte enthielt: Morgen Passiflora. Dann kam die Zeit wieder, in der sie sich zum ersten Mal begegnet waren.

Auch in London war Sommer geworden, und das Fest, mit dem der medizinische Weltkongreß seinen Abschluß fand, wurde in einem dem königlichen Besitzstand angehörenden parkartigen Garten abgehalten, der von Lichtgirlanden überhellt war. Für Norbert hatte dieser Tag besondere Ehrungen gebracht, er war zum Präsidenten des nächsten Kongresses ernannt worden, der in Amerika stattfinden sollte. — Er und seine Gattin, welche durch Jugend und Schönheit von den meisten anderen Damen aufs angenehmste abstach, — denn Kapazitäten haben nur selten schöne Frauen, — bildeten so den natürlichen Mittelpunkt des Abends. Norbert hatte in der letzten Zeit mehr geleistet, als Menschenkräfte gemeinhin auszuhalten vermögen. Sein Aussehen war heute von besonders straffer und gespannter Eleganz, aber seine Schläfen waren vor Überwachheit gleichsam eingesunken, und in den Augenlidern fühlte er ein leises, brennendes Zucken. Eine tiefe, zehrende Müdigkeit ließ seinen Blick unwillkürlich, während er in einer Gruppe debattierender Herren stand, zu Lucile hinschweifen, deren zauberische Erscheinung stets von einem Schwarm älterer und jüngerer Festteilnehmer umringt war.

„Beneidenswert", flüsterte ein Herr in seiner Nähe, dessen Blick dem seinen gefolgt war, einem anderen zu, — und Norbert, der es gehört hatte, hob unwillkürlich die eine Braue in die Stirn, aber der hochmütig abweisende Ausdruck, der in sein Gesicht getreten war, schien dem Thema des Gesprächs zu gelten, dem er sich nun wieder zuwandte.

Es drehte sich um die Heilerfolge, die ein seit einiger Zeit in London ansässiger, russischer Arzt, ein Professor Ryschow, durch Injektionen komplizierter Drüsenpräparate bei schwachsinnigen und imbezilen Kindern, ja sogar in Fällen verkümmerter Hypophyse, erzielt hatte. Bei Drei- bis Sechsjährigen hatte er derart die Regungen gesunder Säuglinge erweckt, obwohl natürlich über ihre Entwicklungsfähigkeit noch keine abschließende Erfahrung vorlag.

„Ich meinerseits", sagte Norbert plötzlich, mit einer Schärfe, die ihm selbst überraschend und unbeabsichtigt war, – „bin für Vertilgung. – Allerdings entsprechen unsere Gesetze in diesem Punkt leider noch den Vorurteilen einer längst überwundenen, falschen Humanität."

Der russische Arzt, ein weißhaariger Herr mit breitem, tief durchfurchtem Gesicht, warf ihm aus dunkel überbuschten Augen einen befremdeten Blick zu.

„Humanität", sagte er langsam und nachdenklich, als wolle er sein eignes Votum überprüfen, – „gehört zu jenen Begriffen, die man allzuleicht oder gern mit dem Adjektivum ‚falsch' verbindet. So weit sie die Heiligkeit des Lebens betrifft, – ich meine nicht eines Kollektivlebens, — sondern jeden einzelnen Lebens, auch des geringsten, auf dieser Welt, — dürfte sie wohl niemals ganz überwunden sein. Vertilgen ist leichter als Bewahren."

Schon setzte Norbert zu einer Antwort ein, - da kam ihm ein kräftiger, breitschultriger Kollege aus Cincinnati zuvor:

„Wenn man gesunde Kinder hat", rief er voll Überzeugung, — „dann kann man sich allerdings die künstliche Aufzucht krüppliger oder geistig verkümmerter Geschöpfe gar nicht vorstellen — Sie haben doch auch einen Jungen", sagte er mit lachenden Zähnen zu Norbert, und schlug ihm leicht auf die Schulter.

„Ja", sagte Norbert, mit einem unmerklichen Zusammenzucken.

„Wie alt?" fragte der Kollege.

„Im zweiten Jahr", sagte Norbert unbewegt.

„Feines Alter!" rief der andere strahlend, — „sagt er schon was? Fängt er schon an zu laufen?"

„Er ist", sagte Norbert rasch, — „derzeit im Süden. Zur Rekonvaleszenz." Und er fügte den lateinischen Namen einer Kinderkrankheit zu, die häufig die Stimmritzen Neugeborener befällt und gewöhnlich leicht heilbar ist. Dann wandte er sich auf dem Absatz, entfernte sich von der Gruppe.

Professor Ryschow hielt den Amerikaner, der ihm folgen wollte, mit einem Wink zurück.

„Wechseln wir das Thema", sagte er leise, — „bevor Sir Norbert wiederkommt."

Der war wie absichtslos zu seiner Gattin hin geschlendert, einen Augenblick stand er dicht hinter ihr, starrte auf den zarten Ansatz ihres Nackens über einem Ausschnitt im dunklen Brokat.

Sie wandte sich um, er suchte sie anzuschauen, aber ihr Blick glitt abwesend und zerstreut an dem seinen vorbei. Woran denkt sie jetzt, ging es ihm durch den Kopf, — und ehe es ihm bewußt ward, sprach er es aus:

„Woran denkst du jetzt, Lucile?"

Sie schaute erstaunt und etwas befremdet zu ihm auf.

„Warum fragst du das?" sagte sie wie erschrocken.

„Ohne besonderen Grund", antwortete Norbert müde.

Wie allein können Menschen sein, dachte es in ihm, — die nie allein sind. Aber er sprach es nicht aus.

„Ich bin müde“, sagte sie leichthin, — „und ich glaube, es ist jetzt genug ... Brauchst du mich noch, heute abend?“

Er zögerte mit der Antwort, — schüttelte aber leise den Kopf —.

Fast war es ihm eine Erlösung, daß er in diesem Augenblick zum Telephon gerufen wurde: in seiner Klinik sei ein ganz dringlicher, unaufschiebbarer Fall eingeliefert worden.

„Gute Nacht“, sagte er rasch, — „ich werde wohl spät nach Hause kommen.“

Es war, als er in der Klinik erschien, wie stets schon alles zur Operation vorbereitet. Der Assistent orientierte ihn eilig auf der Treppe: es handelte sich um eine junge Frau, die einen Selbstmordversuch begangen hatte, sie hatte sich in die Brust geschossen, aber bei schnellstem Eingriff schien Rettung noch möglich. Auf dem Gang droben vor den Untersuchungs- und Operationsräumen lief ihr Gatte auf und ab, ein hellhäutiger blonder Hüne, offenbar ein Skandinavier.

„Ich muß Ihnen erklären —“, stürzte er auf Norbert zu.

„Später“, sagte der nur, schob ihn beiseite.

Alle Müdigkeit war von ihm abgefallen. Sein Auge war fest, scharf, unerbittlich. Er betrat einen Vorraum, in welchem Assistenten und Schwestern ihn stumm und eifrig erwarteten, die Hilfsärzte legten bereits ihre Masken an. Man schien seinem Eintritt wie dem einer Gottheit entgegenzusehen, alle Blicke hingen an ihm, bis auf die kleinsten Handgriffe war alles, was er brauchte, bereit und eingeschult. Er schlüpfte aus dem Frack, die Hände tauchten ins Becken. Die Lautlosigkeit in dem Raum, die kreidige Schärfe der überstarken Glühbirnen, all das verstärkte den Eindruck einer fast unheimlichen Manipulation, deren allmächtiger Magus Sir Norbert war. Dem Gatten, der trotz allen Widerstandes in diesen Vorhof eingedrungen war, erschien sein hartes, in äußerster Anspannung erstarrtes Gesicht wie das eines kalten, gefährlichen Dämons.

„Sie müssen es wissen“, stammelte er mit großen angstvollen Augen, während Schweißtropfen von seiner Stirn perlten, — „daß es nur ein Mißverständnis war — eine Dummheit — ein Zufall — Sie dürfen nicht glauben, — daß sie etwa gar nicht mehr leben will — so ist es nicht! Sie will leben — sie will!! Helfen Sie ihr, mein

Herr —", sagte er mit einer fast wimmernden, kindlichen Unbeholfenheit.

Norbert, mit unverändertem Antlitz, maß kurz die riesige Gestalt des vor Angst und Erschütterung keuchenden Mannes.

„Glauben Sie nicht etwa —", begann er von neuem.

„Ich glaube gar nichts", sagte Norbert hart, — „es geschieht selbstverständlich alles, was möglich ist. — Nehmen Sie sich jetzt zusammen", — fuhr er den Mann an, — „und stören Sie hier nicht. Wir haben keine Zeit zu verlieren."

Er hob die Arme der Schwester entgegen, die ihm die Schürze über das Frackhemd streifte und rasch um ihn herumlief, um sie hinten zu schließen.

„Kümmern Sie sich um den Herrn", warf er irgendeiner Hilfskraft hin, die sich eifrig verneigte, — und lief mit großen Schritten hinaus.

Eine halbe Stunde später, als er das Krankenzimmer betrat, in dem der Skandinavier eingesperrt war und mit einem irren Ausdruck neben einer Flasche Cognac kettenrauchend auf dem Bett saß, erschien er diesem vollständig verwandelt: ein eleganter, liebenswürdiger Herr im Frack, mit ruhigem, fast freundlichem Gesicht und unverbindlich guten Manieren.

„Es war höchste Zeit“, sagte er, setzte sich neben ihn aufs Bett und nahm eine Zigarette, — „Sie müssen verstehen, daß ich so kurz angebunden war. Aber es ging noch ganz leidlich“, erwiderte er auf den angstvollen Blick des anderen, „wenn sie die Nacht überlebt, haben wir Hoffnung.“

Der Mann warf seine Zigarette weg, legte ihm plötzlich seine beiden gewaltigen Hände auf die Schultern, als wolle er ihn rütteln.

„Wird sie“, fragte er ihm nah ins Gesicht, — „wird sie die Nacht überleben? Wird sie die Nacht überleben?!“ wiederholte er drängend, fast drohend.

Norbert machte sich mit einer kleinen geschmeidigen Wendung von seinem Griffe frei. Er zuckte leise die Achseln, zog die Brauen hoch, stand auf, lehnte sich mit hüftgestützten Händen rücklings an den Bettrand.

Er kannte diese Fragen — in tausendfacher Abwandlung und Gestalt.

„Mein lieber Freund“, sagte er mit einer Art von hilfloser Nachsicht, — „wir sind keine Zauberer und keine Propheten. Ich habe noch niemals etwas vorausgesagt, so lang ich praktiziere. Sie k a n n die Nacht überleben, es ist sogar sehr leicht möglich. Mehr weiß ich auch nicht. Jedenfalls bin ich in aller Frühe wieder da."

„Aber Sie müssen es doch wissen!" rief der Skandinavier außer sich, — „verschweigen Sie mir nichts! Wird sie davonkommen? Wird sie leben? Sie m u ß leben!" fügte er beschwörend hinzu.

„Leben und Tod", sagte Norbert wie zu sich selbst, — „unterstehen einem letzten Gesetz, dem der Arzt so untertan ist wie der Kranke. Ob jemand leben will — oder muß — danach wird gar nicht gefragt."

Er drückte seine Zigarette auf der Nachttischplatte aus.

„Sie, hören Sie", sagte der Skandinavier, in einem plötzlichen Wutanfall rot anlaufend, auf deutsch, — „Ihnen wird wohl nie vor Ihrer Gottähnlichkeit bange?"

„Ich glaube nicht", erwiderte Norbert trocken, doch nicht ganz ohne Humor, — „daß ich die menschlichen Grenzen meiner Arbeit jemals überschätzt hätte."

Er schlug dem Wutgeschwellten freundschaftlich auf die Schulter.

„Kommen Sie mit mir, auf eine Partie Poker", redete er ihm zu, „das wird Ihre Nerven beruhigen. Hier können Sie ja doch nichts tun."

„Gehen Sie pokern", sagte der andere düster, „gehen Sie ruhig pokern, mein Herr. Ich wache vor ihrer Tür."

„Bitte", sagte Norbert und zuckte die Achseln, — „aber verhalten Sie sich gefälligst sehr ruhig. — Sie ist in allerbester Pflege", fügte er verbindlich hinzu, — „verlassen Sie sich darauf. Und ich bin jederzeit telephonisch zu erreichen, im Klub oder zu Hause."

Er verbeugte sich, ging.

Barhäuptig trat er auf die Straße, die kühle Nachtluft wehte um seine Stirn. Er winkte den Wagen herbei, — zögerte kurz, den Fuß schon auf dem Trittbrett.

„Gute Nacht, Sir Norbert", hörte er eine schüchtern freundliche Stimme hinter sich.

Er drehte sich um.

„Guten Abend, Angelica", sagte er und nahm den Fuß vom Trittbrett.

Es war seine Narkoseschwester, die eben in einem hellen Sommerkostüm die Klinik verließ, ein ungewöhnlich hübsches Mädchen, aus einer sehr guten irländischen Familie. Trotz ihrer

Hübschheit und einer gewissen dauernd spürbaren Bereitschaft, den gewünschten Gebrauch davon zu machen, war sie in ihrem Fach außerordentlich tüchtig und nahm in der Klinik eine Art von Ausnahmestellung ein: es hieß von ihr, sie sei der einzige lebende Mensch, der von Sir Norbert noch niemals angefahren oder abgekanzelt worden war. Übrigens wußte man allgemein, daß sie sterblich in ihn verliebt sei und alle anderen Männer für einen Wink seiner Hand hätte stehenlassen, und auch ihm war das, obgleich sie keineswegs schmachtete, wohl schon aufgefallen, ohne daß er weiter Notiz davon nahm. Ihm war natürlich, wie den meisten Männern, eine hübsche und gefällige Frau in seiner Umgebung auf alle Fälle angenehmer als das Gegenteil. Sonst aber pflegte er sich um die private Existenz seiner Mitarbeiter so wenig zu kümmern, daß er noch nicht einmal ihren Nachnamen oder ihre Familienverhältnisse kannte.

Um so erstaunter und von freudigem Schreck durchzuckt war jetzt Angelica, als er, auf sie zutretend, die Straße entlangspähte und sagte: „Sie werden wohl keinen Wagen mehr finden. Wo wohnen Sie?“

Sie nannte ihre Adresse.

„Gut“, sagte er, als sei ihm durch ihre Antwort ein Entschluß erleichtert worden, — „ich fahre noch in den Klub, das ist derselbe Weg. Steigen Sie ein.“

Er trat zurück, ließ ihr den Vortritt.

Im Augenblick war er unendlich erleichtert, nicht allein zu sein.

Er war müde, — aber ihm graute vor der Anfahrt an seinem stillen, verdunkelten Haus.

Es müßte jemand auf einen warten, dachte er und ärgerte sich gleichzeitig über den Gedanken, den er als schwächlich und sentimental empfand.

„Sie sehen entzückend aus“, sagte er, wie um sich selbst abzulenken, und breitete sorglich die Decke über Angelicas schlanke Beine.

„Ach“, sagte sie, — „nach der Arbeit ...“

Aber sie lachte geschmeichelt.

„Nehmen Sie doch den Hut ab“, sagte Norbert, während eine Kurve sie nah zusammen schwenkte.

„Gern“, sagte sie willig, — „wenn es Ihnen lieber ist.“

Sie nahm den Hut herunter, schüttelte ihre seidig blonden Haare.

„Sie sind heute frisch gewaschen“, sagte sie, wie zur Entschuldigung.

„Ja“, sagte Norbert, ein wenig über sie gebeugt, — „mit Kamillen.“

Sie nickte eifrig.

„Ich binde sie immer doppelt ein, bei der Arbeit, und bade jedesmal, und zieh mich ganz um, sogar die Wäsche, — damit man nicht nach Spital riecht. Aber ich glaube, man riecht wirklich nichts?“

Sie dehnte die Arme ein wenig, hob die Brust, bot sich ihm gleichsam zum Beriechen dar.

„Nein“, sagte Norbert und sog den Hauch ihres Körpers ein, — „man riecht wirklich nichts.“

Er hatte, in einer neuen Kurve, den Arm ganz leicht um ihre Hüfte gelegt, und nun sank sie ihm einfach und ohne Übergang, mit völliger Unverhohlenheit ihr Gefühl zeigend, an die Brust, schloß die Augen, hob ihm durstig die halb geöffneten Lippen entgegen. Ihr Gesicht hatte dabei einen fast puppenhaft kindlichen Ausdruck von Hingebung und Vergnügen.

Er küßte sie, seine Hände glitten an ihren Schultern und Armen entlang. Sie schlug die Wimpern hoch, ihre Augen waren nach oben gedreht, ihr Blick lustvoll verschwommen.

„Nicht mehr in den Klub gehen", flüsterte sie bettelnd und zog seine Hände auf ihre Brust, — „bei mir bleiben, heute —"

Und da sie wohl plötzlich die innere Kühle, das zutiefst Unbeteiligte seines Wesens spürte, fügte sie mit einer hektischen Leidenschaft, die fast komisch wirkte, hinzu:

„Nur heute — nur einmal — und wenn ich Sie nie mehr wiedersehen darf, — und wenn ich morgen hinausfliege —"

„Das geht zu weit", bremste Norbert ab, — „daß mir dann eine andere die Narkosen verpatzt, oder wie?"

Aber sie spürte den Druck seiner Hände fester und begehrlicher in ihrer Haut, und wie sein Atem heiß wurde und rascher ging.

Da sagte sie, indem sie die Augen wieder schloß und ihre Brust ihm entgegendehnte, ein Wort, das ihr der blinde Liebesdrang, alle Scheu und Ahnung vernebelnd, wohl als vermeintlich tiefste und letzte Lockung in den Mund legte:

„Ich will ein Kind —!"

Im gleichen Augenblick setzte der Strom zwischen ihnen, wie wenn ein Draht zerschnitten würde, jählings und gänzlich aus.

Mit einer unverbindlichen und etwas ironischen Freundlichkeit strich Norbert ihr kurz über Haar und Wangen und tastete in seiner Manteltasche nach den Zigaretten.

Der Wagen hielt, sie sank vornüber und vergoß ein paar Tränen.

Norbert faßte sie mit einem sanften Druck an den Schultern, daß sie sich kerzengrade aufrichten mußte.

„Gute Nacht, Angelica", sagte er unbefangen und ein wenig zu burschikos, — „zum Pokern kann ich Sie leider nicht mitnehmen. Aber machen Sie sich morgen einen freien Tag und fahren Sie nach Wimbledon, zu den Tennisturnieren, dort gibt es eine Menge nette, umgängliche und wohlerzogene junge Herren, die nur auf Sie warten und mit denen Sie sich glänzend unterhalten werden. Jetzt gehen Sie schlafen, und wenn es Ihnen wohl tut, schimpfen Sie vorher eine Stunde auf mich."

Er half ihr aus dem Wagen, sie versuchte schon wieder zu lächeln, er drückte ihr kurz und herzhaft die Hand, winkte dem Chauffeur, anzufahren.

Aber als er sich ins Leder zurücklehnte, traf seine Hand auf etwas Fremdes: es war ihr Hut, und ein seidener Schal, der ihr wohl vorher von den Schultern geglitten war. Er knisterte in seinen Fingern und roch nach Frau.

Norbert beugte sich vor, als wolle er das Zeug dem Chauffeur übergeben –. Plötzlich aber ließ er es achtlos auf den Sitz zurückfallen und klopfte mit hartem Knöchel an die vordere Scheibe.

„Nach Hause", rief er hinaus.

Während der Wagen bremste, wendete und in die andere Richtung fuhr, trat in sein Herz der feste, letztgültige Wille zur Entscheidung.

Als Lucile in dieser Nacht nach Hause kam, ging sie noch nicht zu Bett, sondern begann in ihrem Ankleidezimmer hastig einen kleinen Reisekoffer zu packen.

Plötzlich hatte sich die Tür lautlos geöffnet, und Norberts Mutter stand in ihrem Rahmen.

Sie trug einen dunklen, am Hals hoch geschlossenen Überwurf, der bis zum Boden herabwallte und ihrer Gestalt eine tragische Würde verlieh.

Lucile hatte ihr Kleid schon abgelegt und war, in einem lichten Nachtgewand, von weißer Seide umflossen.

Lady Stanhope erwiderte ihren etwas befangenen Gruß nicht, – sie blieb unbeweglich in der Tür stehen, ihr Blick haftete auf dem geöffneten Koffer.

„Du willst wieder dorthin?“ fragte sie nach einer Weile.

„Ja“, sagte Lucile und gewann rasch ihre Fassung zurück, – „ich war seit Ostern nicht mehr dort. – Hier werde ich wohl in den nächsten Tagen nicht gebraucht“, fügte sie hinzu, – „der Kongreß ist vorüber –“

Es war kaum zu erkennen, ob Norberts Mutter ihre Worte gehört hatte, ihr Gesicht blieb starr und undurchdringlich.

Plötzlich machte sie einen raschen Schritt zu Lucile hin, – ihre Hände hatten sich krampfhaft geballt.

„Weißt du nicht, was du ihm antust?!“ – ihre Stimme klang heiser vor mühsam verhaltenem Haß – „du bringst ihn um – du vernichtest sein Leben! Wofür?!“

„Wofür?“ wiederholte Lucile, – als warte sie selbst auf eine Antwort.

Dann straffte sie sich, blickte ihr ruhig in die Augen.

„Ihr habt kein Recht, mir Vorwürfe zu

machen", sagte sie langsam, — „auch ich habe ein Leben. Danach hat keiner von euch jemals gefragt."

Ins Gesicht der Mutter trat es wie zornige Trauer.

„Du hast dein Leben verschenkt", sagte sie, unerbittlich, — „mehr hat eine Frau nicht zu verlangen."

„Er hat es verschmäht", sagte Lucile, in einer aufbrennenden Empörung, — „er hat es nicht angenommen — er hat es nicht einmal — erkannt —." — Sie brach ab, preßte die Lippen zusammen.

Dann sprach sie, wie zu sich selbst, während es ihre Augen dunkel und schmerzlich umwölkte:

„Verschenken kann man nur — aus Liebe. Sonst ist es wertlos."

„Liebst du ihn nicht?" fragte die Mutter, — und es war, als hielte sie nach dieser Frage den Atem an.

Lucile senkte den Kopf.

„Ich habe ihn sehr geliebt", sagte sie nach einer Weile.

Die Mutter atmete tief, — als sei sie von einem Zweifel erlöst.

„Man kann nichts zurücknehmen", sagte sie still und einfach, – „nicht sein Leben – und nicht seine Liebe."

„Vielleicht hab ich mein Leben verwirkt", sagte Lucile, als rede sie von ganz fremden Dingen, und ohne zu ihr aufzuschauen, – „aber das geht nur mich an. Mich ganz allein."

Die Mutter trat näher auf sie zu und erhob plötzlich die Hand.

Luciles Kopf zuckte auf, als erwarte sie einen Schlag.

Aber die Hand senkte sich mild auf ihre Locken, und ihr Streicheln durchrieselte Lucile mit einem heißen und beschämenden Schreck.

„Auch ich – bin eine Frau", – hörte sie die andere Stimme, aus der alle Härte und Fremdheit entschwunden war, – „und eine Mutter Man kämpft um sein Kind – man kämpft um seine Liebe . . . Aber zuletzt kämpft man stets um sich selbst."

Sie ließ die Hand sinken, trat zurück, als wolle sie gehen.

Dann streifte ihr Blick noch einmal den halbgepackten Koffer.

„Geh deinen Weg zu Ende", sagte sie, – „so wie du mußt."

„Hilf mir", flüsterte Lucile, — aber die Mutter hatte den Raum verlassen und hörte sie nicht mehr. —

Als Norbert vorm Hause anfuhr, sah er in Luciles Zimmer noch Licht. Rasch, ohne sich zu besinnen, eilte er treppauf.

Er pochte hastig, — als könne er etwas versäumen.

Noch eh sie antworten konnte, trat er ein. Den Koffer bemerkte er nicht. Sein Blick brannte auf ihrer Gestalt.

„Du hast auf mich gewartet?" fragte er, mit einem Schimmer von Hoffnung in der Stimme.

„Ja", antwortete sie, seinen Blick vermeidend, — „ich habe noch gewartet —"

„Lucile", — sagte er stockend, rauh vor Erregung.

Ohne daß er näher kam, wich sie unwillkürlich vor dem Strom von Gewalt und Verlangen, der alle Dämme seines Wesens zu sprengen schien, ein paar Schritte zurück, beugte sich über den Koffer.

„Ich wollte dich fragen", sagte sie rasch, — „ob ich morgen verreisen kann. Ich denke, du brauchst mich jetzt nicht."

Indem sie sprach, indem sie das Unvermeidliche tat, war ihr, als müsse sie vor ihm auf die Knie fallen und ihn um Verzeihung bitten. Ihr war wie dem Henker, der sein Opfer umarmt, bevor er den tödlichen Streich zu führen hat. Die Grausamkeit, zu der sie verurteilt war, zerschnitt ihr das eigene Herz.

Aus Norberts Antlitz war alles Blut gewichen.

Seine Backenknochen traten vor, wie die eines nackten Schädels.

„Ich brauche dich", sagte er tonlos, und aus einer kaum erträglichen Selbstüberwindung, — „ich brauche dich — jetzt und immer."

Sie war beim Koffer niedergekniet, sah zu ihm auf, — eine große, unnahbare, fast erhabene Traurigkeit verklärte ihr Gesicht, als wolle sie sagen: Es ist zu spät.

Aber sie hob nur hilflos die Hände.

Dann, wie aus Angst vor der Unabänderlichkeit starker Worte, sagte sie nebenhin:

„Ich will meine Eltern besuchen, — vorher. Sie erwarten mich, ich habe mich dort schon angemeldet. — Es ist zu spät."

Jetzt hatte sie es doch ausgesprochen, — aber es war nicht mehr dasselbe.

Norbert trat langsam auf sie zu, sein Gesicht war immer noch fahl, verfärbt, und wie von innen zerstört.

Mit einem Ruck packte er ihre Handgelenke, riß sie vom Boden empor, blickte ihr nah, voll Drohung und voller Not zugleich, in die Augen.

„Schwör mir“, stieß er vor, und preßte die Finger um ihre Fesseln, – „daß du zum letzten Male fährst! Schwör mir!“ wiederholte er mit einem Ausbruch von Leidenschaft, wie er sie noch nie vor einem Menschen enthüllt hatte.

Luciles Arme erschlafften in seinem Griff.

Seit damals, seit den Tagen und Nächten ihrer hochzeitlichen Vereinung, hatte sie das nicht mehr empfunden, wovon sie jetzt bis ins Innerste betroffen und überwältigt wurde: jene fast mystische Ergriffenheit von seiner starken und heischenden Person.

„Ich schwöre!“ sagte sie fest, – „zum letzten Male!“

Er ließ sie los, trat beiseite, sie preßte die beiden Hände auf ihr Herz. Dann neigte er den Kopf vor ihr, – mit einer edlen und ritterlichen Gebärde.

Noch lange, nachdem er gegangen war, stand sie in der gleichen Haltung, regungslos. Plötzlich streifte sie die Schuhe von ihren Füßen. Ihr Gesicht war ruhig und verschlossen. Auf Zehenspitzen betrat sie den Gang vor ihrem Zimmer, lauschte einen Augenblick in die Stille, eilte treppab und verschwand in Norberts Arbeitsraum.

Das Haus und die Treppen waren schon finster, — nur aus dem Schlafgemach der Mutter, das im selben Stockwerk lag, drang noch ein Schimmer von Licht. Sie hatte vorher Norberts Schritte auf den Stufen gehört und sah ihn, durch einen Türspalt, von Lucile zurückkommen. Er war noch kurz in den Arbeitsraum getreten, vielleicht nahm er dort irgendeine Tablette, dann hörte sie ihn in sein Schlafzimmer hinübergehen, bald würde er in traumlose Betäubung fallen. Sie selbst konnte nicht schlafen, blieb an der Tür stehen, als lausche sie oder warte noch auf etwas Unbekanntes — — Und plötzlich fühlte sie mehr, als sie hören konnte, den wehenden Schritt nackter Sohlen.

Als Lucile nach einigen Minuten den Arbeitsraum wieder verließ, sah sie die Mutter, in ihrem dunklen langfließenden Überwurf, wie eine stumme Gottheit, in der Tür ihres erleuchteten Zimmers stehen.

Sie schrak furchtbar zusammen – barg etwas in ihrer Hand.

„Ich suchte – ein Schlafmittel“, flüsterte sie stockend.

Die Mutter antwortete nicht. Ihr Blick folgte Lucile treppauf, bis über die Schwelle, bis in die Dunkelheit ihres kurzen, ruhelosen Schlummers.

Die Landschaft kochte über von Mittag, Sonne und Fruchtbarkeit, die Felder standen hoch, der Mohn prangte knallig, Kürbisse und Gurken, blühend und reifend zugleich, wucherten kriechend am Boden, – alles strotzte in sattem Ocker und Rotgelb, wie die Dotter von Enten- oder Gänseeiern. Es roch nach Thymian und dem erhitzten Laub von Tomaten. Es roch auch nach dem Schweiß von kleinen, struppigen Eseln und von Menschen, nach Zwiebeln und Lauch aus ihren Eßnäpfen und Mündern und nach dem brenzlichen Rauch der schwarzen Zigaretten, die den Landarbeitern lässig im Mundwinkel klebten. Ein lustiges dünnes Staubfähnchen wirbelte hinter dem kleinen hochgeräderten Pferdewagen, der Lucile von der Bahn abgeholt hatte, was die Kinder nicht hinderte, mit offenen Mäulern hinterherzurennen und unablässig durcheinanderzuschreien. Der Klang ihres provencalischen Dialektes, ihr heiseres Freudengeheul, wenn einer hinfiel, ihr Dreck und ihre Sommersprossen, ihr Spucken und Rotzen und ihre dunkelhäutige Schönheit, all das entzückte Lucile und erfüllte sie mit einem solchen Taumel von Heiterkeit, daß es sie nicht mehr in damenhafter Würde auf dem Rücksitz hielt, sie sprang auf, kletterte auf den Kutschbock nach vorne, winkte, rief und lachte, als sei sie selbst wieder ein Kind, das hinter einem zum Schloß trabenden Besuchswagen herläuft. Der alte Kutscher, dessen grinsendes Gesicht einer verhutzelten Olive glich, mußte sie mit dem freien Arm unter den Kniekehlen halten, damit sie nicht hinausfiel. Aber als sie am Eingang des Parks die dicke Hühnermagd stehen sah, die Gärtnerburschen und den Waldhüter mit den jaulenden Wachtelhunden, sprang sie mit beiden Füßen zugleich herunter und fiel dem schwitzenden Pfarrer, der mit wehender Soutane eben angerannt kam, direkt in die Arme. Dann flog sie von Arm zu Arm, küßte die alten Freunde auf Mund und Wangen, unbekümmert um Stoppeln und Knoblauchdüfte und um die Abdrücke vieler erdiger Hände auf ihrem Sommerkleid.

„Madame ist im Garten", sagte der Abbé, — „sie mußte natürlich noch ein paar Rosen schneiden, obwohl man im Haus schon schwindlig wird vor Blumenduft. Rauchen verboten — damit die Girlande nicht welkt!"

Er hob die Hände zum Himmel.

„Und Sie bleiben heute bei uns?" fragte Lucile und hängte sich bei ihm ein.

„Vielleicht länger", sagte er kopfwiegend und lächelte verschmitzt, — „das hat seine Bewandtnis . . ."

Aber Lucile hatte ihn schon losgelassen und rannte voraus, denn jetzt sah sie ihre Mutter inmitten des südlich unbekümmerten Gewuchers von Erbsen, Tomaten, Buschrosen und Wicken, welches sie „Garten" nannte und das ihr eigentliches Reich bedeutete.

Madame Myrthe trug ein Leinenkleid und eine grüne Gartenschürze, und da sie erhitzt war, sah sie unter dem Silberscheitel noch frischer und jugendlicher aus als sonst.

„Mein Kind", sagte sie, — preßte ihre sonnengerötete Wange an Luciles Hals, bis zu dem sie eben hinreichte, — „wie schön du bist! — Und was macht e r?“ fragte sie ungeduldig und blinzelte ein wenig verlegen in die Sonne, — „geht es ihm gut, hat er viel zu tun, wie sieht er denn aus, konnte er nicht selber mitkommen?“

„Er läßt grüßen“, sagte Lucile kurz und zerrte ungeduldig zum Haus.

„Wo ist der Vater?“

„Der Vater“, sagte Madame Myrthe, dabei lächelte sie geheimnistuerisch dem Abbé zu, — „der Vater erwartet dich im Haus. Wir haben nämlich eine Überraschung für dich.“

„Was?“ rief Lucile eifrig, — „hat die ‚Favorite‘ gefohlt? Oder hat er sich endlich doch seinen Fechtsaal eingerichtet?“

„Nein“, lachte die Mutter, — „es ist eine viel größere Überraschung, — und sie betrifft dich, mein Kind . . .“

„Mich?“ sagte Lucile und schrak leise zusammen. Es ging wie ein Schatten über ihr Gesicht, und sie tastete unwillkürlich nach dem Täschchen, das sie in der Hand trug.

Als sie auf der Freitreppe den Vater erblickte, der mit seinem buschigen Weißhaar und seinem Ebenholzstock wie das Urbild des alten Militärs und Gutsherrn wirkte, stiegen ihr plötzlich die Tränen in den Hals, und sie barg den Kopf lange an seiner Schulter.

Er klopfte sie zärtlich wie ein junges Pferd und küßte immer wieder ihr Haar und ihre Wimpern.

Dann nahm er sie mit einer leichten Feierlichkeit bei der Hand und winkte seiner Gattin und dem Abbé, zu folgen. Vor einer frisch in Weiß gestrichenen Tür machte er halt.

„Deine Mutter und ich haben uns nämlich entschlossen —", begann er und zerrte an seinem Schnurrbart.

„Ich werde mit dir fahren", unterbrach Madame Myrthe aufgeregt, — „ich habe schon alles vorbereitet, ich werde ja nicht viel Gepäck brauchen —", sprudelte sie hervor.

Lucile spürte eine kühle Lähmung in ihrem Rücken.

„Was ist da drinnen?" fragte sie erstarrend und legte die Hand auf die Türklinke.

„Nun", rief der Vater lachend, — „mach nur auf!"

Sie öffnete, ihr Herz schien auszusetzen.

Mit weißen Möbeln, Tüllvorhängen und einem kleinen Bettchen bot sich ihr der Anblick eines frisch eingerichteten Kinderzimmers.

„Und nebenan", sagte der Abbé, — „werde ich wohnen. Die Pfarre hat ja jetzt ein jüngerer Herr, ich bin überaltert!" rief er empört dazwischen, „aber noch viel zu jung, um in ein Kloster zu gehn. Ich werde ein treffliches Kindermädchen sein", sagte er lachend, — „und ein bißchen Doktor bin ich ja immer gewesen!"

„Ich denke, wir fahren gleich morgen", redete Madame Myrthe dazwischen, „und holen es her — es soll doch schließlich auch eine Heimat haben —"

„Und er", sagte der Vater, — „kann ja nicht auf die Dauer wollen, daß es bei fremden Menschen bleibt. Wir haben lange gezögert, — aber dann haben wir uns gesagt: wie es auch sei — es ist doch unser Enkel. Und es ist dein Kind."

Er brach plötzlich ab, — bemerkte Luciles totenblasses Antlitz. Sie hatte immer noch die Türklinke in der Hand, — als müsse sie sich daran festklammern.

„Mein Gott", sagte Madame Myrthe, — „haben wir etwas Falsches getan? Und es sollte doch eine Überraschung werden —"

Sie schluchzte schon beinah, der Marquis winkte ihr heftig, zu schweigen.

„Was hast du, mein Liebes?“ sagte er sehr zart und schaute Lucile an.

Sie antwortete nicht, stand regungslos, und in dem langen Schweigen hörte man den Abbé heftig und angstvoll atmen.

„Willst du vielleicht – mit deiner Mutter allein bleiben?“ fragte der Marquis.

Lucile schüttelte den Kopf. Ihr Blick glitt von den hilflos verstörten Mienen der Mutter und des Abbé zu den ernsten, gefaßten Augen ihres Vaters. Und plötzlich sagte sie, dem Vater wie einem Beichtiger voll ins Gesicht sehend, mit klarer und fester Stimme:

„Mein Kind ist tot.“

Indem sie dieses Wort zum ersten Male aussprach, war ihr, als sänke eine ungeheure Last von ihrem Herzen, und als liege der Weg, der ihr jetzt noch zu gehen blieb, frei, offen und ohne Dunkel vor ihr. Die Heiterkeit, die sie bei der Heimkehr so stürmisch überflutet und all ihre heimliche Not gleichsam verschwemmt hatte, wandelte sich unter der Lösung dieses Geständnisses zu einem milden und wissenden Licht.

Sie werden mich nicht verstehen, dachte es in ihr, – aber sie werden mir dennoch verzeihn.

„Und warum“, stammelte Madame Myrthe, — „habt ihr uns gar nichts mitgeteilt —?“

„Ich bitte euch“, sagte Lucile sehr leise, — „mich nichts weiter zu fragen ... Ich fahre morgen zum Grab“, fügte sie noch hinzu und blickte immer den Vater an.

„Komm“, sagte der einfach, nahm ihren Arm und schloß sanft die Tür hinter ihnen.

Dann führte er sie auf die Veranda, wo ein kleiner Imbiß gerichtet war. Sie saßen zu viert um den runden Tisch, die Mutter legte ihr zärtlich und behutsam zu essen vor, der Vater füllte die Rotweingläser.

Er stieß mit ihr an, es gab einen schönen und edlen Ton.

Sie sprachen lange nichts.

Der alte d'Attalens betrachtete immer wieder forschend ihr Gesicht, seine Augen wurden allmählich nachdenklich und dann finster entschlossen.

Plötzlich hieb er mit der Faust auf den Tisch, aber so leicht, daß kaum die Gläser klirrten.

„Wenn er dich schlecht behandelt“, rief er, wie von einem guten Einfall beschwingt, — „bei allem Respekt — ja, zum Teufel, bei allem Respekt —!! — aber ich fürchte“, unterbrach er sich besorgt, — „ein Engländer schlägt sich nicht mit der Klinge — und mit der Pistole bin ich nicht mehr ganz sicher, heutzutage —“

Er hob das Rotweinglas, es zitterte ein wenig in seiner Hand.

Lucile sprang auf, lachend unter Tränen, umarmte ihn stürmisch.

„Nein“, rief sie, — „mach dir keine Hoffnung, daraus wird nichts!! Er behandelt mich gar nicht schlecht!!“

„Natürlich nicht“, sagte Madame Myrthe mit einem Seufzer der Erleichterung, — „er ist doch der edelste Mensch.“

Auch der Vater lächelte nun befreit.

Lucile hatte sich auf seine Knie gesetzt und hielt seinen Kopf mit den Armen umfangen.

In die Augen des alten Herrn trat ein Schein von Weisheit und nobler Bescheidung.

„Es gibt Dinge“, sagte er leise und ernst, — „über die man mit keinem anderen sprechen kann — und mit seinen Eltern am letzten. Ein jeder Mensch muß mit sich selber ins reine kommen.“

„Ja, Vater“, sagte Lucile, und drückte ihm die Hand. Dann gingen sie in den Garten, in den Stall, auf die Felder.

Am nächsten Morgen reiste Lucile. –

Während die Sonne schon tief im Westen stand, bewegte sich die Prozession mit seltsam schnellen, trippelnden Schrittchen den steilen Klippenweg zur Notre Dame de l'Espérance hinauf. Es waren außer dem Pfarrer und den beiden Meßknaben nur Frauen: alte und junge, Mütter, Bräute und Kinder, und der Gesang von ihren Lippen klang monoton und beschwörend, dumpf, schrill und innig zugleich, in einer strengen und zeitlosen Dissonanz, wie wenn verschieden gestimmte Glocken im selben Rhythmus geläutet würden.

„Defensor noster aspice –"

sangen sie nach der alten gregorianischen Weise, dreimal in steigender Tonart, an den verschiedenen Stationen, und auf dem Friedhof droben, wo die ertrunkenen Fischer und Seeleute lagen, sprengte der Priester das Weihwasser über die Knienden, rief die Gnade des Himmels auf Tote und Lebendige herab und sang den Wettersegen:

„A fulmine et tempestatibus – libera nos, Domine –!" –

In einem kleinen Abstand war Lucile als Letzte der Prozession gefolgt, – ihr Gesicht war verschleiert, und um ihre gefalteten Hände, wie um die der anderen Frauen, schlang sich der Rosenkranz.

Sie ging wie die unerlöste Büßerin, welche nicht würdig ist, am Dienst der Gemeinde teilzunehmen, und während des Meßopfers vor der Kirchentür verharren muß.

Allmählich leerte sich der Friedhof, die Stimmen verhallten, von der See her klangen die Rufe der ausfahrenden Fischer, dann wurde es ganz still. Sie blieb allein an dem kleinen Grab, den Schleier hatte sie zurückgeschlagen, ihr Gesicht war friedlich und ohne Tränen. Sie wußte sich verdammt und begnadet zugleich und sie haderte nicht mit ihrem Geschick. Fast schien es Dankbarkeit, was ihre Augen und ihren Mund verklärte. Mit leichter Hand strich sie zum Abschied über das Grab. Es war keine Zwietracht mehr zwischen ihr und der feuchten Erde, — und sie sprach wie zu einem Schlafenden, den man in guter Obhut weiß: Leb wohl.

Als sie bergab schritt und von der westlichen Sonne ganz geblendet wurde, fühlte sie ihre Füße und ihren Gang immer leichter, so als schwebe oder tanze sie, oder werde von Flügeln getragen. Sie war von den Kniekehlen bis zu den Haaren mit einem Körperglück erfüllt, das sie gleichsam umduftete und ihrem Herzen eine selige Trunkenheit verlieh. Dabei wußte sie mit klarer Hellsicht, die sie tief beruhigte: zum letzten Male.

Raymond, der sie in der „Passiflora“ erwartet hatte, spürte sofort die Verwandlung, die mit ihr vorgegangen war.

Noch brannte die Sonne durch alle Ritzen der verschlossenen Fensterläden und füllte das Dämmer des Gemachs mit einer rötlich dampfenden Glut.

Sie erwiderte seine Umarmung still, sanft und fremd, wie nie zuvor.

Ihr Wesen war schon in einem anderen Übergang und wollte nicht mehr geweckt und zurückgeschleudert werden in den Wirbel von Lust, Schuld und Betäubung.

„Was hast du“, flüsterte er, von Schreck und Ahnung gepackt. „Nichts“, sagte sie abwesend und entzog sich seinen Händen.

Er stand wie gelähmt, Schmerz schloß ihm die Kehle.

Auch er war als ein Neuer, Verwandelter diesmal hierhergekommen, und alles in ihm drängte nach Aussprache und Einverständnis.

Sie trat ans Fenster, öffnete den Laden.

Der Sonnenuntergang schleuderte sein nacktes Feuer herein.

„Liebst du mich nicht mehr?“ hörte sie seine Stimme, und die Worte peinigten und verletzten sie.

„Ach“, sagte sie, ohne sich umzuwenden, – „du verstehst mich nicht –“

Gleichzeitig erschrak sie furchtbar vor diesem Satz, der in allen Untiefen und Niederungen behaust ist und den es zwischen ihnen nie gab und geben durfte.

Die beiden Sätze, die zwischen ihnen gefallen waren, klafften wie ein Abgrund voll Verzweiflung: auf einmal waren sie, – gleich allen anderen, die sich lieben, – zwei Menschen mit ihrem ewigen Unterschied und ihrem abgespaltenen kleinen Leben, – statt einer einzigen, göttlich vollkommenen Einheit, – zwei Menschen, die sich erfühlt und erkannt hatten, wie nie zwei andere sonst, – und dennoch nichts und gar nichts voneinander wußten, so daß schon die leiseste Frage nach einer Wirklichkeit ihres Daseins voll ungelöster und unlösbarer Rätsel wäre und ihren Traum zerspellen und zu Tod bringen müßte? Gab es denn kein Verweilen, auf einem Gipfel des Glücks?

Raymond regte sich nicht.

Weither vom Strand, wo ein toter Delphin angeschwemmt worden war, hörte man das Gekreisch hungriger Seevögel.

Der Sonnenbrand begann zu verblassen.

„Soll ich gehen?“ sagte er plötzlich, mit einem knabenhaft trotzigen Tonfall.

Da warf sie sich herum, — breitete ihm die Arme.

Er riß sie an seine Brust, ihr Pulsschlag brauste zusammen, alle Fremdheit ertrank in grenzenloser, seligster Vereinung.

„Du —“, flüsterte er immer wieder.

„Du —“, wiederholte sie verhauchend.

Sonst gab es kein Wort mehr zwischen ihnen.

Die Sonne war jetzt ganz herunter, das blaue Zwielicht umhüllte ihre Versunkenheit.

„Ich glaube“, sagte sie nach einer Zeit, — „unsere Liebe verträgt kein Tageslicht.“

Er lag auf den Knien halb über ihr und barg seinen Kopf zwischen ihren Brüsten.

Sie liebte ihn in diesem Augenblick wie nie zuvor, mit einem tiefen, schmerzhaft mütterlichen Verstehen.

Sie begriff sein Wesen, das Wesen eines Jünglings, in dem sich tapfere Frömmigkeit mit einer göttlich unbeschwerten, mit einer kretischen Lebensanmut verband.

Sie begriff seine Liebe, die in Genuß und Opfer unermeßlich war, ganz Hingabe und ganz ohne Schuld.

Sie aber wußte um die Unbarmherzigkeit jeder Lust und jeder irdischen Erfüllung, die stets mit dem Verzicht und den Leiden der anderen, der Unerfüllten, der Verstoßenen und Verlassenen, gebüßt wird.

Er begann erlöst und heiter zu reden, — erzählte ihr von seiner Arbeit, von der besiegten Seuche, von der Einfalt und dem Vertrauen seiner Kranken, es war wie eine Vorbereitung zu mehr, was er ihr zu sagen hatte.

Sie lauschte seinen Worten wie einem schönen, tröstlichen Gesang.

Wie einsam muß Norbert sein, dachte sie plötzlich, und in ihrer Seele brannte der Schwur: zum letzten Male.

Die Nacht sickerte vom Himmel, die Flut begann im Steigen urweltlich zu rauschen, sie waren allein auf der Erde, wie die ersten Menschen.

Als der Vollmond hoch war, standen sie lange auf einem steilen Vorsprung in den Klippen, die in ein gläsernes Gebirge verwandelt schienen.

Die Flut schwoll mit großem Atem immer höher herauf, das Meer war ein Krater von geschmolzenem Blei und Silber.

Da nahm sie plötzlich das Verborgene aus ihrer Tasche und drückte es wie ein Geschenk in seine Hand.

Sie hob ihr Antlitz, das im weißen Mondlicht ohne Furcht und ganz voll Entzücken war, zu dem seinen.

„Jetzt", sagte sie, und bot ihm die Lippen, — „zum letzten Male —!"

Während er sie mit einem Arme fest umfangen hielt, hob seine andere Hand die kleine, gläserne Phiole dicht vor seine Augen.

„Es ist der einzige Ausweg", flüsterte sie wie trunken, — „und der leichteste — dann sind wir vereint — mit allem", — ihre Hand beschrieb eine Wölbung über Himmel und Meer, — „und nie mehr getrennt!"

Sie blieb in Erwartung an ihn gelehnt und sah, wie in sein Gesicht ein immer stärkeres, mächtigeres Leuchten trat.

„So sehr", fragte er in ihren Mund, — „liebst du mich?"

Sie nickte.

„Bis zum Tod?" sagte er stärker.

„Bis zum Tod", wiederholte sie und schaute ins Ferne.

„Schau her!" rief er plötzlich, ließ sie los und trat auf die äußerste Kante des Felsens, der senkrecht in die Brandung abstürzte. – „Schau her!" rief er noch einmal, mit einem hellen und kämpferischen Klang.

In weitem Bogen warf er das gläserne Ding von sich, daß es, wie ein Kleinod, im Ungewiß des Mondes und Meeres verschwand.

„Weg damit!" schrie er und schüttelte seine Faust in die Tiefe, als fordere er die Unterwelt zum Kampf, – „das mag der Haifisch fressen, der Rochen, der Oktopus!!" – Ein wildes, männliches Lachen schüttelte ihn, er warf die Haare zurück, höhnte den Tod und die Vernichtung:

„Wir sind stärker als du! Wir sind mehr als das Leben! Wir sind unsterblich! Unsterblich –!"

Das Meer aber, während er ihm entgegenschrie, brüllte in höchster Brandung so wütend auf, daß es seine Worte verschlang und ihm den Laut vom Munde schlug. Wie mit Pauken und Orgelbässen überdonnerte es seinen wilden und lästerlichen Päan, — und nur seine Lippen, tonlos, von orkischem Getöse übertäubt, formten immer wieder die gleichen Silben:

„Unsterblich —!"

— bis er sie auf den ihren versiegelte und verschloß.

Der Mond umfunkelte sie, als stünden sie in einer Wolke von Flammen.

Von Hoffnung und Glück überwältigt, hing sie an seinem Hals.

Jetzt war sie zum Leben begnadigt oder verurteilt — und der Tod raste machtlos in seinen Ketten.

In dieser Nacht beschlossen und bereiteten sie das Letzte: die Flucht.

Raymond war mit dem vollendeten Plan schon hergekommen, ihr stummer Entschluß hatte ihn gelähmt, — nun riß er sie hin und überstürzte sie mit herrlichem Ungestüm:

Ein Ruf ins Ausland hatte ihn kurz vorher erreicht, man bot ihm eine Stellung in Übersee, die einen raschen und glanzvollen Aufstieg verhieß.

In zwei Tagen ging das Schiff, die „Cap Finisterre", von der nahen Hafenstadt. Er hatte alles vorbereitet, sie mit sich zu nehmen.

Sein Plan war, bei aller Kühnheit, wohl durchdacht, er war fest entschlossen, keinerlei Hemmnis dazwischentreten zu lassen und, was es zu regeln galt, erst vom Ausland her zu ordnen. Sein Wille zum Endgültigen kannte kein Bedenken, und auch sie bedachte sich nicht: die Entscheidung war längst gefallen, die Brücken hinter ihr verbrannt, es gab kein Zurück und keinen Abschied mehr.

Eine letzte Trennung stand ihnen noch bevor: er mußte für einen Tag nach Marquette, der Kreisstadt, in der er wohnte, um seine Praxis zu übergeben und seine Sachen zu ordnen.

Sie, da sie nicht allein in dem verlassenen Haus bleiben mochte und es noch mancherlei zu besorgen und einzukaufen galt, sollte zur Hafenstadt vorausfahren und ihn dort erwarten: ihr Treffpunkt war der Quai, eine Stunde bevor das Schiff ihn verließ. Dort würden sie sich an der Landungsbrücke begegnen und gemeinsam das Schiff besteigen, als hätten sie es niemals anders gewußt.

Sie würden die Küste Europas im Nebel versinken sehen, — sie würden frei sein, — und nie mehr voneinander getrennt.

Im letzten Augenblick, bevor er sie verließ, befiel sie Furcht und Verzagen:

„Einen Tag ohne dich – und eine Nacht ohne dich – wie soll ich das jetzt ertragen? Ein Tag ist eine Ewigkeit – eine Nacht tausend Ewigkeiten –“

„Ein Tag geht vorbei“, sagte er stark, – „und jede Nacht muß enden. Aber dann beginnt, was ohne Anfang und Ende ist, – dann erst beginnt – das Leben!“

Plötzlich hob sie die Hände zu seinem Gesicht und befühlte es, wie ein Bildhauer sein Werk betastet, überall mit den Spitzen ihrer Finger, als müsse sie es nachformen und sich einverleiben für alle Zeit, als kenne sie es nicht, oder habe es noch niemals begriffen:

„So ist dein Kinn – so sind deine Schläfen – so setzt dein Haar an – so sind deine Lider, deine Wimpern, – so sind deine Lippen, kühl und warm zugleich, man kann das Blut spüren, den Atem, den Lebenshauch, und wenn man die Hand bis hier entfernt, spürt man's noch immer, – und hier – noch ein wenig – und dann gar nicht mehr –

Und das alles bist – du –, das alles – lebt –!“

Sie stand noch lange voller Staunen, als er gegangen war.

Zu ungewöhnlicher Zeit, früh am Vormittag, hatte Sir Norbert sein gesamtes Hauspersonal in der großen Halle zusammenrufen lassen und gab in knappen Worten bekannt, daß eine Ampulle aus seinem Medizinschrank verschwunden sei, die er selbst vor einigen Tagen hineingelegt habe. Der Schrank sei tagsüber stets mit einem Geheimschloß versperrt, höchstens in der Nacht könne er einmal offen geblieben sein. Falls jemand aus irgendeinem Versehen oder einem sonstigen Grund den vermißten Gegenstand an sich genommen habe, fordere er zur sofortigen Rückgabe auf. Er werde dann keine weiteren Fragen stellen. Andernfalls müsse er strengste Untersuchung einleiten.

Die Leute standen ratlos, blickten unter sich.

Norbert wartete nervös, ohne seine Erregung merken zu lassen.

Die Tatsache, daß das Gift aus seiner privaten Wohnung verschwunden war, konnte ihm, falls irgend etwas damit passierte, die größten Schwierigkeiten machen.

Er hatte nicht bemerkt, daß, während er sprach, seine Mutter hinter ihm auf der Treppe erschienen war, und fuhr wie in Schreck zusammen, als er sie plötzlich in seinem Rücken sagen hörte:

„Du kannst die Leute wegschicken, Norbert — ich habe es an mich genommen, zur Sicherheit, als ich den Schrank zufällig unverschlossen sah. Ich habe ganz vergessen, es dir zu sagen."

„Ich danke", sagte Norbert steif und nickte zerstreut dem Haushofmeister zu, der die anderen entließ und sich mit einer Verbeugung entfernte.

Dann wandte er sich langsam zur Mutter, schaute sie an.

„Wer hat das Gift?" fragte er, — und seine Augen wurden starr.

Sie hielt seinem Blick stand.

„Lucile hat es genommen", sagte sie dann, — und ihr Ton war nicht anders, als rede sie von einem gleichgültigen Gegenstand, — „in der Nacht, bevor sie verreiste."

Er trat einen Schritt auf sie zu, — blieb stehen.

„Woher weißt du das?" fragte er staunend, — als zweifle er noch.

„Ich habe sie gesehen", sagte die Mutter.

Sie senkte die Augen, ihre Stirn war fahl und versteint.

„Du hast sie nicht – gehindert?“ fragte Norbert noch immer reglos.

„Nein“, kam die Antwort. „Ich habe sie nicht gehindert.“

Plötzlich klammerte er sich mit beiden Händen an eine Stuhllehne.

Schweiß stand auf seinem Gesicht, die Haare klebten an seinen Schläfen.

„Das ist Mord!“ stieß er vor, – „das ist – Verbrechen!!“

„Vielleicht ist es Erlösung“, sagte die Mutter, hob die Augen und trat auf ihn zu, als wolle sie seinen Arm berühren.

„Nein!“ rief er, fast im Aufschrei, – „nein! – nein!!“

Es war, als fände sein Abscheu und sein Entsetzen nur dieses eine Wort.

Dann riß er die Hände vom Stuhl, – wollte zur Tür.

Sie trat ihm entgegen, breitete die Arme aus, wie wenn man ein scheuendes Pferd aufhalten will.

„Nenn' es Mord!“ sagte sie hart. – „Nenn' es Verbrechen.

Ich nehme es auf mich.

Hätte ich anders gehandelt, – wär es ein Aufschub und eine verlängerte Qual. Sonst nichts."

Er starrte sie an, in einer Wallung von Haß, die auf ihn selbst zurückschlug.

„Was wissen wir denn – von ihr!" sagte er leise und voller Not.

„Das fragst du zu spät", sagte die Mutter und ließ die Arme sinken.

„Es ist nie zu spät", fuhr er auf, – „es darf nicht zu spät sein –"

Seine Stirn spannte sich wie in angestrengtem Denken.

„Ich muß sie zurückholen", sagte er dann, ruhiger, – und machte eine Gebärde, als wolle er die Mutter, die immer noch zwischen ihm und der Türe stand, beiseiteschieben.

Da warf sich die große, hochgewachsene Frau, als zerbreche jemand ihr Rückgrat, plötzlich nach vorne, stürzte an seine Brust, klammerte ihre Finger in seine Kleidung.

„Tu es nicht!!" stammelte sie fast unverständlich, die Worte entrangen sich ihrer Brust wie Urlaute tiefster, verborgenster Leidenschaft. – „Tu es nicht – sei stärker – geh nicht zugrund — sei wieder du — sei wieder mein — mein Sohn —!“

Schluchzen durchbebte sie, wild schlang sie die Arme um seinen Hals, als wolle sie ihn erwürgen.

Dann, da er starr blieb, ließ sie von ihm ab, sank auf einen Stuhl, barg den Kopf in den Händen.

„Mutter“, sagte er fest und leise, ohne sie anzublicken, — „wenn ihr etwas geschehen ist, — will ich dich nie mehr sehn.

Nie mehr, in unserem Leben“, fügte er, wie einen Schwur, hinzu — und wandte sich zum Gehen.

„Bleib noch“, sagte die Mutter und richtete sich wie in übermenschlicher Anstrengung gerade empor.

Er zögerte in der Tür, schaute zu ihr hin.

Ihr Gesicht war ausgeblutet und still, als habe sie den Todesstreich empfangen.

„Wenn du sie wiederbringst“, sagte sie ruhig und wie in einer letzten, selbstbeschiedenen Sammlung, — „werde ich euch verlassen. — Vielleicht wird es dann besser, für dich. Ich — hoffe es“, — vollendete sie mühsam und hob zögernd die Hand.

Norbert, zu ihr zurücktretend, beugte sich tief über ihre Hand und küßte sie.

„Leb wohl“, sagte sie leise und tastete über sein Haar.

Der russische Arzt, dem sich Norbert hatte anmelden lassen, empfing ihn mit großer Freundlichkeit und führte ihn durch seine Klinik.

„Ich freue mich wirklich“, sagte er, — „daß Sie an meiner Arbeit Interesse nehmen. Gerade Sie!“

„Natürlich“, antwortete Norbert abwesend, sein Blick irrte flüchtig über die frohen und wachen Gesichter genesender oder gesundeter Kinder, die dem alten Herrn zuwinkten und mit ihm scherzten.

Dann berührte er seinen Arm mit einer leisen und dringlichen Bewegung.

„Darf ich Sie einen Augenblick allein sprechen?“

Der Professor geleitete ihn in sein Privatzimmer, schloß die Tür, bot ihm einen Stuhl.

Norbert dankte, blieb stehen.

„Es handelt sich“, sagte er zögernd, — „um meinen Sohn.“

Er schwieg, als koste jedes weitere Wort ihn eine unerträgliche Selbstüberwindung.

„Ich wäre glücklich“, sagte der andere einfach, — „wollten Sie mir Ihr Vertrauen schenken.“

„Ich danke Ihnen“, sagte Norbert befreit, und mit leichterer Stimme fuhr er fort: „Ich muß Ihnen offen gestehen, daß ich von selbst nie gekommen wäre. — Aber es geht um die Existenz meiner Ehe — und vielleicht um noch mehr —“

„Wie kann ich Ihnen helfen?“ fragte der alte Herr und neigte in gespannter Aufmerksamkeit den Kopf etwas schief. Die natürliche Wärme und Bereitschaft, die von ihm ausging und die nichts von der Zudringlichkeit ungebetenen Mitleids hatte, machte es Norbert leichter, sich zu erklären, und während er sprach, war ihm, als lockere sich ein Ring falscher Verhärtung und verletzten Stolzes um sein Herz.

„Glauben Sie“, fragte er am Schluß, „daß der Versuch mit Ihrer Methode eine Aussicht hätte? Daß man das Kind heilen könnte?“

„Man müßte natürlich“, sagte der Professor nachdenklich, „den jetzigen Zustand des Kindes genau beurteilen können. Wann haben Sie es zuletzt gesehen?“

„Vor einem Jahr", sagte Norbert etwas beschämt.

„Dann", sagte der Arzt, und schenkte ihm einen starken, ermunternden Blick, „würde ich es mir an Ihrer Stelle einmal schleunigst anschauen."

„Ja", sagte Norbert, – „ich werde es herbringen."

Er verabschiedete sich herzlich und fuhr zur nächsten Post. Von da schickte er ein Telegramm an die Adresse seiner Gattin im Stift Notre Dame de l'Espérance:

„Erwartet mich dort. Eintreffe morgen."

Die Kleinbahn rasselte in die etwas außerhalb der Ortschaft gelegene Station: Marquette en Bretagne.

Norbert hatte die Tür seines Abteils geöffnet, bevor noch der Zug hielt, spähte suchend umher.

Bauern und Kleinkrämer stiegen aus und ein, Milchkannen wurden verladen, ein Hammel blökte aus einem Viehwagen, die Leute unterhielten sich breit, langsam und behäbig, bis der Zug mit schrillem Gepfeife weiterfuhr.

Norbert stand immer noch allein auf dem Bahnsteig, neben den leeren Gleisen, und schaute wartend die kalkige Landstraße entlang.

Der kleine, schwitzende Stationsvorsteher, der den Zug entlassen hatte und sich die Mütze ins Genick schob, musterte ihn neugierig.

Norbert winkte ihn her.

„Ist da niemand — von Sainte Querque sur mer?“ fragte er.

„Sainte Querque sur mer“, — wiederholte der Beamte mit breiten Vokalen und grinste amüsiert, — „pas du tout, Monsieur, pas du tout. Die Leute von da fahren nicht mit der Eisenbahn. Die sind noch von früher.“

„Ich meine“, sagte Norbert, „vom Stift. Von Notre Dame de l'Espérance?“

„Die erst recht nicht“, rief der kleine Mann lachend, „die sind noch von viel früher.“

„Wie kann man dorthin kommen?“ fragte Norbert, ohne auf seine scherzhafte Laune einzugehen.

„Oh“, sagte der Mann und deutete mit schmutzigem Finger, — „immer nordwestwärts! Immer nordwestwärts, mein Herr. Gute zwölf Kilometer zu Fuß!“

Er schaute zwinkernd auf Norberts Schuhwerk, als mache es ihm Spaß, ihn zu necken.

Nach einiger Verhandlung war ein Bauer, der mit seinem Milchwagen vor dem Stationsgebäude hielt, bereit, ihn hinzufahren. Der kreuzlahme, fliegenwunde Schimmel war kaum in Trab zu bringen, und der Bauer stieg an verschiedenen Estaminets ab, um sich mit Apfelschnaps zu stärken. Bestaubt und zerrädert erreichte Norbert schließlich das Dorf in den Klippen.

Es war totenstill, wie ausgestorben, kein Mensch zeigte sich, kein Hund bellte. Droben, im kahlen Fels, ragte die kleine Kirche, gleich einem Wahrzeichen der Verlassenheit.

Als Norbert den steilen Pfad zum Stift hinaufstieg, ergriff ihn plötzlich Furcht und Hoffnung zugleich. Die Furcht kam aus der ungeheuren Leere der Landschaft um ihn her und aus den tiefsten, unbewachten Gründen seines Innern, darin, seit seiner Ankunft in Marquette, die schlimme Ahnung wuchs, – die Hoffnung kämpfte mit allen Kräften und Waffen des Bewußtseins dagegen an, machte ihn hart und beschleunigte seinen Schritt. Das Kind wird nicht wohl sein, dachte er, deshalb konnte sie nicht an die Bahn kommen. Natürlich ist sie bei ihm. Man wird mich in irgendein Zimmer führen, wo sie an seinem Bett sitzt. Zuerst wird sie scheu sein, mißtrauisch. Ich darf sie nicht erschrecken. Ich werde ihr von dem Russen erzählen. Dann wird sie glauben, — begreifen. Dann wird alles gut.

Darunter wußte er, daß alles nicht stimmte. Aber er betäubte dieses Wissen mit seinen lauten Gedanken und seinem raschen Gang.

Die Tür des Stifts war verschlossen. Kein Mensch zeigte sich.

Er pochte mit dem rostig eisernen Klopfring. Die Schläge dröhnten in der Stille.

Nach einiger Zeit lugte ein Auge durch ein Klappfensterchen neben der Tür. Verschwand wie geängstet. Wieder verging eine Zeit. Dann stöhnte die Tür in den Angeln.

Mater Annunciata stand neben der Pförtnerin, blickte den fremden Mann fragend und abweisend an: ein schwarzer, vergilbter, gleichgültiger Erzengel.

Er nannte seinen Namen.

Das stumpfe, abgestorbene Auge veränderte sich kaum.

„Sie wollen das Grab sehen?" fragte sie nach einer Weile.

„Das Grab“, wiederholte Norbert mit trockenen Lippen.

„Ja“, sagte er dann, ich will das Grab sehen.“

Sie nickte, führte ihn auf den kleinen Friedhof.

Er spähte im Weiten umher, – übers Meer, über den leeren Strand, über den leeren, fahlenden Himmel. Es war alles stumm und verschlossen.

Dann beugte er sich tief auf das hölzerne Kreuz hinab, las den Namen, das Datum.

Er nickte, – als erfahre er etwas längst Bekanntes.

Richtete sich auf, – stand reglos.

Die Oberin war beiseitegetreten, schaute von ihm weg, – achtete sein Gebet. Allmählich erst gewannen die Dinge, die er sah, Schärfe und Plastik in seinem Auge.

Er bemerkte, neben dem Kreuz, einen Strauß fast noch frischer Passionsblumen, die Ranken in Kranzform verwunden, – beugte sich wieder hinab, betastete die Blüten, als wolle er ihre fremde Art studieren.

Die Oberin trat näher heran.

„Sie sind von ihr“, sagte sie, „sie bringt sie jedesmal. Sie war ja erst gestern hier.“

„Ja", sagte er, lächelte abwesend. Sie war gestern hier.

„Es ist übrigens heute früh ein Telegramm für sie gekommen", sagte die Oberin, „wir wußten nicht, wo wir es hinschicken sollen. Sie kommt ja immer nur für eine Stunde, um zu beten."

Die Worte malten sich langsam und fibelhaft in Norberts Bewußtsein.

Sie kommt ja immer nur für eine Stunde, um zu beten.

„Darf ich es Ihnen geben?" fragte die Oberin. „Wir hätten es sonst zurückgehen lassen."

Sie hatte es in der Tasche.

Er nickte nur, öffnete es nicht. Er wußte, daß es sein eigenes war.

Von der Kapelle begann das magere Glöcklein zu läuten.

Die Augen der Oberin wachten auf, bekamen Glanz und Leben.

„Ich muß zum Ave", sagte sie und machte eine Bewegung zur Kirche hin.

„Wenn Sie einen Wunsch haben, — des Grabes wegen —"

„Ich danke Ihnen", sagte Norbert, „es ist ganz gut so."

Er neigte kurz den Kopf, sie hob die Hand und machte mit den Schwurfingern das kleine Kreuzzeichen über ihn.

Dann ging er wortlos.

Das Dorf lag stumm und verschlossen, wie das Meer, wie der Himmel.

Der Wind raspelte an dem zerschlissenen Stroh der Dächer.

Er fand einen Fischerkrug, trat ein, klopfte mit dem Stiefelabsatz auf die knarrende Diele.

Nach einer Weile kam ein Greis aus dem Dämmer hinter dem Schanktisch vorgekrochen, er schien aus einer Falltür heraufzusteigen und bewegte sich gebückt, fast auf den Händen. Sein Kopf war ganz kahl, die Augen blutgerändert, seine Stimme klang heiser und schrill, wie Möwenkreischen.

„Calvados?" fragte er lallend.

Norbert nickte, setzte sich auf die Kante einer Wandbank.

Der Alte brachte ihm Apfelschnaps, in einem großen, viereckigen Glas.

Während Norbert kostete, blieb er bei ihm stehen, stützte seine falben, flossenartigen Hände auf den Tisch, beglotzte ihn voller Neugier.

Norbert erwiderte seinen Blick, fragend, forschend, in einer dunklen und ungewissen Spannung, – als könne er von ihm alles erfahren.

Er hätte jedes Kind, jede Katze, jeden Stein in dieser Ortschaft so angeschaut.

„Hier kommen wohl wenig Fremde her?" fragte er schließlich.

Der Greis legte die Hand ans Ohr, lallte mit zahnlosen Lippen. Er war fast taubstumm.

Norbert wiederholte schreiend seine Frage.

„Nein, gar keine. Nur die Dame", kam die kreischende Antwort.

„Welche Dame?"

„Die die Villa gemietet hat.

Aber die kommt auch nur alle Vierteljahr und man sieht sie nie. Meine Frau muß vorher das Zimmer putzen, in der Villa. Sonst bleibt sie immer verschlossen. Auch wenn die Dame da ist."

„Und was tut sie dort, in der Villa?"

„Das weiß man nicht", heulte der Greis, grinste, ward redselig. – „Das weiß man nicht, das weiß man eben nicht, – was ein Mensch so allein in einem leeren Hause tut. Er kann beten, er kann schlafen, er kann in einen Spiegel gucken und Fratzen schneiden, das kann er alles, – er kann auch etwas auf ein Papier schreiben und sterben, das kann er alles —"

Er kicherte vor sich hin.

Norbert warf Geld auf den Tisch, lief hinaus.

Bald hörten die Hütten auf, die Villa war nirgends zu sehen.

Blindlings folgte er dem sandigen Streif, am Meer entlang.

Plötzlich schrak er zusammen, — von einem harten, klappernden Geräusch ereilt, das sich in kurzen, beklemmenden Abständen regelmäßig wiederholte. Mit vorgeneigtem Kopf ging er weiter, spähte um die Dünenecke.

Dort stand die Villa, — verstaubt, verfallen, vom Sand angeweht.

Der Wind hatte den lässig eingeschlagenen Krampen aus der bröckligen Mauer gezerrt, der Laden trommelte in seinem Auf- und Abschwellen gegen die Hauswand.

Langsam schritt Norbert darauf zu, sah die verschlossene Tür, die verblichenen Buchstaben des Namens: Passiflora, — das Gewucher der Passionsblumen auf der geschützten Seite, die staubgrünen, verrammelten Holzläden.

Dann spähte er durch das eine, halb klaffende Fenster, — sah ein unbewohntes Gemach mit alter, verhängter Bettstatt, bezognen Möbeln.

Nichts deutete darauf hin, ob jemals ein Mensch dort verweilt habe.

Immer wieder umschritt er das stille Haus.

Schließlich blieb er vor der Tür stehen, klopfte, begann mit der Faust zu pochen, trat mit dem Fuß dagegen, rüttelte an der Klinke.

Es regte sich nichts. Alles blieb stumm und verschlossen.

Rückwärts gehend, das Haus immer im Auge, als könne es ihm in letzter Sekunde doch noch ein Geheimnis enthüllen oder als fürchte er einen Ruf, einen Schrei, eine Stimme hinter sich, wenn er sich umdrehen würde, entfernte er sich langsam zum Strand. Starrte auf den Boden. Ein paar Fußstapfen, halb schon von Sand verweht, eine Wagenspur, mit zermahlenen Muscheln gefüllt. Seevögel kreischten um einen Fischkadaver, der Wind warf eine Welle von Verwesung über ihn.

Der Nachmittagshimmel war hell, glasig, wolkenlos.

Ihm schien er von undurchdringlicher Finsternis erfüllt.

Hell und Dunkel, ging es ihm durch den

Kopf, sind von der gleichen Substanz. Aber man kennt sie nicht. Man weiß nichts. Man bekommt keine Antwort. Es bleibt alles unfaßbar.

Er schaute auf seine Hände, sie hingen hilflos herab.

Er, dessen ganzes Leben vom Drang nach Klarheit, Erkennen, Wissen, wie eine Linse geschliffen war, tappte im Nebel der Blinden.

Er wußte nichts von der Frau, die er liebte.

Selbst ihre Spur war ihm vom Sand verweht.

Allmählich begann er zu gehen, – zum Dorf zurück, auf die Landstraße.

Er ging ohne Rast, und ohne aufzuschauen. Er ging ohne Denken und Fühlen. Er ging, wie ein Uhrwerk geht.

Er achtete nicht auf die Zeit, nicht auf die Richtung. Er kannte das alles. Er hatte das alles schon erlebt. Vielleicht war es jetzt nur ein Traum, eine Erinnerung, ein Schattenbild. Er war diesen Weg schon immer, schon ewig, gegangen, er war ihm vorgezeichnet, wie eine Fährte, und er mußte ihn auslaufen, als werde er von einem Webschiff abgespult.

Dann stand er allein auf dem Bahnsteig. Es war sehr still, die Zeit sank langsam mit der Sonne.

Aus den Schienen drang manchmal ein Klicken oder Klirren, wenn irgendwo eine Weiche gestellt wurde: das klang wie ein Ruf, eine Warnung, ein leises, metallisches Drohen, ein geheimes Signal.

„Schicksal", dachte Norbert und starrte die Geleise entlang.

FATUM, ANANGKE, MOIRA.

Man konnte es deklinieren, aber es hatte keine Mehrzahl.

Ein Güterzug schlackerte vorbei, stampfte in den brennenden Abend, eine schwarze Fahne von Kohlenruß flatterte hinterher.

Er wußte plötzlich, daß er sterben möchte.

Er beneidete sein Kind in den Klippen.

Der Bahnbeamte, der dem Güterzug nachgeschaut hatte, stand neben ihm.

„Haben Sie das Nest gefunden? Ein rechtes Drecknest."

„Ja", sagte Norbert.

„Wollen Sie heute abend noch weiter? Nach Saint Malo?"

Er nickte.

„Wohl mit dem Schiff nach England?"

„Ja", sagte er, mehr zu sich, – „wohl mit dem Schiff nach England."

Will ich das, dachte es in ihm? Will ich überhaupt etwas? oder muß ich etwas? oder ist das alles zu Ende, – dieses: Ich bin – Ich will – Ich werde –?

„Der Zug geht aber erst in zwei Stunden", sagte der Mann. – „Setzen Sie sich doch in die Wirtschaft!"

Er setzte sich in die Wirtschaft, bestellte etwas, berührte es kaum, wartete. Warten, spürte er, ist die Hölle. Ganz gleich, ob man auf einen Zug wartet, auf einen Menschen, auf ein Ereignis, – oder auf gar nichts. Er hatte kaum jemals in seinem Leben gewartet – oder es wenigstens nie bemerkt.

Nach fast zwei Stunden näherte sich vom Ort her Musik: erst dumpfe Paukenschläge, dann schmetterndes Blech, laute Stimmen, Rufe, Lachen, Gesang –

Eine Menschenmenge drängte sich auf den kleinen Bahnsteig, es waren hauptsächlich Frauen und Kinder, auch ein paar Herren in hausbackenen Schwalbenschwänzen, die Ortskapelle nahm zwischen den Gleisen Aufstellung, blies laut und schauerlich.

Der Bahnbeamte war mit dem Wirt ans Fenster getreten, lachte vergnügt.

„Die verabschieden unseren Doktor“, sagte er zu Norbert hin, — „der geht nach Amerika.“

Der Zug wurde gemeldet, Norbert trat langsam hinaus.

Er sah einen jungen Herrn mit ausnehmend schönen, männlich heiteren Zügen, der sich vor Händeschütteln, Schulterklopfen, Ansprachen, Zurufen, Umarmungen kaum retten konnte. Er selbst schien glücklich erregt, antwortete laut und lachend, küßte zum Abschied ein Kind, betastete den Puls und den Bauch eines anderen, das ihm noch im letzten Moment vor Einfahrt des Zuges eine gleichfalls zur Reise gerüstete Bäuerin entgegenhob:

„Nein“, rief er lustig, — „die kleine Crévette hat nur zu viel Kirschen gegessen! Aber ich werde im Zug noch einmal nach ihr schauen!“

Als der Zug schon anfuhr, stolperte er, mit Paketen und Blumen beladen, in das einzige Abteil zweiter Klasse, das sich gleich hinter der Maschine befand, und in das man sein Gepäck schon gebracht hatte. Ein Strauß von Kornblumen und Mohn flog ihm durchs offene Fenster nach und traf den großen, hochstirnigen Herrn, der ihm gegenüber auf der Bank saß.

Norbert hob ihn lächelnd auf, reichte ihn dem jungen Mann hinüber.

„Verzeihen Sie bitte“, sagte Raymond, noch im beschwingten, mitteilsamen Freimut seiner heiteren Laune, — „die sind ja wie die Narren, die sind ja ganz aus dem Häuschen. Ich bin nämlich weder ein Fürst, noch ein Nationalheld, — sondern nur ein gewöhnlicher Landarzt, der ein paar Jahre hier praktiziert hat. — Aber für die Leute ist der Arzt noch eine Art von höherem Wesen, so ein Mittelding zwischen Lieber Gott, Medizinmann und Zirkusclown, — entweder sie verachten ihn oder sie beten ihn an. Sie haben natürlich keine Ahnung, wie man sich plagt und wie sie einen schinden, manchmal könnte man sie alle vergiften“, — er lachte zu seinem Gegenüber voll weltfreundlicher Sympathie, „aber es ist doch das schönste. Das einzige“, fügte er noch hinzu, „es ist wohl der einzige Beruf, der seine Bestätigung so lebendig, so leibhaftig in sich selber trägt.“

Er bemerkte den Blick voll Kühle und Skepsis, mit dem Norbert ihm lauschte, und hatte das Gefühl, zu viel geredet zu haben und sich entschuldigen zu müssen.

„Das klingt vielleicht übertrieben“, sagte er und schaute zum Fenster, „und wer nicht selber Arzt ist, wird es kaum verstehen.“

„So?“ hörte er Norberts Stimme und wandte sich ihm rasch wieder zu. „Ich dachte mir das anders, bisher. Ich dachte mir“, fuhr Norbert fort, da er den fragenden Blick Raymonds auf sich fühlte, „das Leben eines Arztes wie das eines Forschers, — der immer ins Unbekannte vorstößt, — der sucht um des Suchens willen, und nicht vorher weiß, ob er die Neue Welt findet oder den Seeweg nach Indien —“

Er verstummte, hob die Hände ein wenig und ließ sie auf seine Knie fallen.

„Aber sein Ziel“, sagte Raymond, „ist unverrückbar und unveränderlich, ganz gleich, in welcher Richtung er sucht: zu heilen.“

„Die Folgen zu heilen“, sagte Norbert, „und die Ursachen nicht zu kennen — — Ein ewiges Glücksspiel mit einem unsichtbaren Partner, den man vergeblich blufft, und der nicht einmal fair ist.“

Raymond schüttelte den Kopf, eine kleine Falte stand zwischen seinen Brauen.

„Der Partner des Arztes“, sagte er, „wenn Sie so wollen, — dem er die Partie abzugewinnen hat, — ist das menschliche Leiden. Das hat er einfach zu lindern und zu bekämpfen, so gut er kann. — Aber dazu gehört wohl eine besondere Art von Liebe."

„Was für eine Art von Liebe?" fragte Norbert. „Liebe zu den Menschen — oder zur Erkenntnis?"

„Wie will man das trennen?" erwiderte Raymond mit befremdetem Blick.

„Das muß man trennen!" rief Norbert streng, fast zornig. „Welcher Chirurg kann seine Mutter operieren oder sein Kind? Wissen Sie nicht, was Phantasie, was Liebe aus einer Hand und einem Auge macht?

Glauben Sie wirklich, ein Arzt könne groß werden, der den Einzelmenschen liebt?"

„Glauben Sie", antwortete Raymond staunend, „ein Künstler könne groß werden, der seine Geschöpfe nicht liebt?"

„Was liebt der Künstler?" sagte Norbert, und zog die Brauen hoch, „seine erdachten Geschöpfe. Seine Vorstellung von der Welt. Nicht ihre kleine, armselige, immer abhängige, jedem Wandel unterworfene Wirklichkeit. Liebe — im schöpferischen Sinn — ist eine überpersönliche, eine ebenso zeugende wie vernichtende Kraft, sie steht in einer höheren Kategorie als unsre schwanken Gefühle und kennt weder Furcht noch Mitleid."

Raymond beugte sich vor, wie angezogen, und dennoch in immer stärkerem Widerstand.

„Das stimmt vielleicht in der Abstraktion", sagte er voll Bedacht, „aber nicht fürs lebendige Dasein. Ihre Trennungen sind klar, aber nicht menschlich. Im menschlichen Wesen einen sich, vermählen sich die polaren Kräfte. Es ist ein müßiges Spiel, sie zu analysieren. Umfassen, begreifen, erkennen — kann man sie nur durch Liebe. Oder nennen Sie es: durch Religion."

„Religion", unterbrach Norbert heftig, als habe er sich hart zu verteidigen, „Religion ist eine ethische Bindung, — und ein soziales Machtmittel. Sie ist ein Amalgam aus Vernunft und Mystik, dahinter sich geheimes Urwissen des Menschengeschlechtes verbirgt. Sie ist eine Maske der Weisheit, eine schützende vielleicht, — aber mit Erkenntnis, mit Wissenschaft, mit Medizin hat sie nichts zu tun!"

„Warum trennen Sie immer", rief Raymond kämpferisch, „wo es zu binden gilt? Alles ist Religion, — was unserem göttlichen Drange, was der Verantwortung unseres Herzens entspringt! Denken Sie an Franz von Assisi — an die Sonnengesänge — die Hingebung an jedes kreatürliche Leben, ans Kleinste, Ärmste, Niedrigste — und ins große, ins volle, tausendfältige Dasein — Das ist, — was ich meine, — die Religion des Arztes!“

Er hatte sich in schöne, feurige Begeisterung geredet, welche Norberts Stimme wie mit kalter Schneide traf:

„Konnte der heilige Franz den Aussatz heilen? den Krebs? die Luës?“

„Er konnte mehr“, sagte Raymond mit großem Blick, „er konnte den Menschen helfen, ihr Leid zu ertragen.“

„Das Leid der Menschen“, sagte Norbert ruhig und hob sein Gesicht, als spreche er ein Bekenntnis, „ist viel zu tief, als daß es Hilfe oder Heilung gäbe.

Das Leid der Menschen heißt Einsamkeit.

Und es reicht in Gründe hinab, in die kein Forscher und kein Heiliger einzudringen vermag.

Der Fluch der Zerspaltung — die Hölle der Individuation — die ewige, jammervolle Verspanntheit mit überpersönlichen, übermächtigen, regressiven Gewalten, die wir immer trennen, immer zerlegen müssen, in gruppenhafte, tellurische, kosmische, — ohne daß wir doch jemals dem Wesen selbst, dem großen, einen, alleinigen, auch nur um eine Spanne näher kommen — — Das ist unser Geschick: auf der Suche nach Ursprung oder Mündung im Labyrinth der eignen Seele zu verschmachten —"

„Nennen Sie es ruhig", sagte Raymond leise, — „die Trennung von Gott.

Die Austreibung aus dem Paradiese. Aber was wäre all unser inneres Leben, all unser Drängen und Suchen nach Schönheit, Wahrheit oder Güte, anderes, als die Ahnung von einem Rückweg — von einer Wiedervereinung?

Halten Sie die Phantasie des Menschen für größer als die des Schöpfers?"

„Wiedervereinung", — wiederholte Norbert, sein Gesicht schien sich ganz zu verschließen, und er sprach im Ton einer trocknen, leidenschaftslosen Selbstbezichtigung:

„Wir kreisen splitterhaft in einem ungeheuren Strömen und Gleiten der Räume, die sich ausdehnen und weiten ohne Anfang und Ende, — wir wissen nichts von der Zeit und nichts von dem Ort, der uns beherbergt, — wir sind wie Gäste, die ihren Wirt nicht kennen und niemals das Haus von außen sahen, in dem sie wohnen. — Wie sollten wir anderes von uns selber wissen, — als daß wir allein sind — in alle Ewigkeit —"

„Uns ist eine Kraft gegeben", sagte Raymond voll ungebrochener Überzeugung, — „die mehr bedeutet als Wissen."

„Man wird allein geboren", vollendete Norbert, mehr zu sich selbst, — „und man stirbt allein. Darüber konnte keiner noch den Menschen helfen."

„Doch, einer", sagte Raymond, — „der die Unwissenden selig nannte."

„Und in dessen Namen man sie auf die Schlachtfelder schickt", warf Norbert ein, hob die Schultern.

„Nicht: in seinem Namen!" rief Raymond mit Wärme, — „nur unter seinem Mißbrauch! Glauben Sie nicht", fuhr er fort, und seine Stimme, sein Blick gewann immer mehr Kraft und Strahlung, — „daß Liebe geschaffen ist, um die Einsamkeit zu überwinden? Aus der Entzweiung, aus den Frösten der Einsamkeit baut sich unser Tod. Aus jeder Stunde des Einklangs, der Wärme, der Überbrückung, webt sich das ewige Leben! Das aber ist stärker — viel stärker als der Tod! Ich glaube überhaupt nicht an den

Tod“, rief er entflammt, — „er ist ein Gespenst — kein Geist! Geist aber und Leib zugleich ist nur das menschliche Leben — in seiner Erfüllung durch das Du — durch den anderen! Ja — wir werden allein geboren — doch nur, um diese Erfüllung zu suchen, zu geben und zu finden, — in der Güte, in der Brüderlichkeit, in der gegenseitigen Hilfe, — und zuletzt und zutiefst — in der Liebe —“

Er brach ab — errötend — da sein Gegenüber plötzlich die Hände vor die Augen geschlagen hatte.

„Glauben Sie wirklich“, hörte er Norberts Stimme nach einiger Zeit, wie in banger, hoffender Frage, — „daß jeder Mensch imstand ist, zu lieben und geliebt zu werden?“

„Ich glaube daran“, sagte Raymond einfach, — „ich weiß es!“ fügte er nach einer Pause hinzu.

Norbert antwortete nicht, verharrte reglos.

Vielleicht war ich zu heftig, dachte Raymond beklommen, — vielleicht hab ich ihn verletzt.

„Das ist Ihnen gewiß alles viel zu emphatisch“, sagte er ablenkend, — „und Sie müssen verzeihen, wenn ich mich gehen ließ. Es kommt wohl nur daher, — daß ich Arzt bin — und meinen Beruf sehr liebe.“

Norbert hob sein Gesicht aus den Händen und sah ihn mit einem seltsamen, fast liebevollen Lächeln an.

„Auch ich bin Arzt“, sagte er und lehnte sich zurück.

„Oh“, sagte Raymond bestürzt, — „dann entschuldigen Sie —“

„Nein“, sagte Norbert, immer noch mit dem gleichen besiegten Lächeln im Gesicht, — „ich habe Ihnen nur zu danken. — Sie haben mir mehr gesagt — als ich zu hoffen hatte.“

Nach einem kurzen Schweigen stand Raymond auf, sah auf die Uhr.

„Ich muß nach dem Kind schauen“, sagte er, — „die Frau steigt bald aus. Sie sitzt weiter hinten, in der dritten Klasse. Es war wohl nur etwas Kolik, aber ich hab's versprochen.“

Er nahm ein Fläschchen aus seiner Handtasche, steckte es zu sich. Er empfand plötzlich ganz stark das Bedürfnis, aus diesem Wagen herauszukommen, — und weg von dem fremden Arzt, der ihn mit seinem sonderbaren, blassen Lächeln und wie mit einer heimlichen Sehnsucht betrachtete.

Norbert hörte ihn, als er sich entfernte, die Tür der Plattform, die den Wagen mit dem nächsten verband, zuwerfen. Er schaute zum Fenster, in die Scheiben. Es war noch nicht ganz dunkel draußen, – eine lichte, trockene Sommernacht, – die Glasscheibe spiegelte vor der fließenden Dämmerung Norberts Kopf, sein Gesicht, seine Augen – und durch diese Spiegelung glitt unablässig die Landschaft – Telegraphenstangen – ein paar windschiefe Pappeln – ein Haus, ein Hügel, ein Stück vom Himmel, ein dünner, flimmernder Stern – all das glitt und schwebte durch seinen Kopf, den er neben sich in der Scheibe sah – ein durchsichtiges, ungreifbares, wesenloses Gebilde – das doch immer da ist – und nie vergehen kann –

Wieder ergriff ihn die tiefe, brennende Sehnsucht nach Tod. Nach Auflösung. Nach Vergessen. Aber sie war jetzt in eine mildere, sanftere Melodie gekleidet.

In diesem Augenblick ertrank alles in malmendem, krachendem Getöse und in Finsternis.

Irgendwo mochte ein Weichensteller den falschen Hebel bedient haben, – eine elektrische Zündung versagt, ein Signal nicht geflammt, – und der Nordwestexpreß stürzte sich wie ein mythisches Ungetüm auf den kleinen Landzug und seine Menschenfracht.

Die Wagenkette der hinteren Abteile war vom Bahndamm gestürzt, lag verknäuelt und zerschmettert. Nur der vorderste, dicht hinter der Maschine, hatte sich abgetrennt und in hartem Ruck mit dem Tender verklemmt. Das einzige Abteil zweiter Klasse, und der einzige Mann in ihm, blieb unversehrt.

Nach dem ersten betäubenden Schreck sprang Norbert aus dem Wagen, stürzte mehr als er lief den Bahndamm hinunter, rannte dorthin, — wo aus der großen Stille jetzt nur vereinzeltes, gleichsam erstauntes Wimmern drang. Schon rannten Beamte mit ihm, eine Stimme rief nach Ärzten, irgendwoher kamen Männer mit Laternen gelaufen, aus einer Bahnwärterhütte gellten Klingeln und zirpten Morsesignale.

Norbert suchte, — half dazwischen Verwundeten, — suchte wieder, — starrte in jedes Totengesicht.

Endlich fand er ihn, abseits unter weit geschleuderten Trümmern.

Sein Antlitz war unentstellt, er schien nicht mehr zu atmen.

Norbert riß ihm den Rock auf, tastete nach seinem Herzen. Aber es schlug nicht mehr. Brustkorb und Rückgrat waren, wie von einem einzigen raschen Faustschlag, zerbrochen.

Noch nie hatte Norbert Hilflosigkeit, Armut, Beschämung des Überlebenden vor dem entseelten Menschenleib und vor der Majestät des Todes so niederschmetternd empfunden wie bei der Leiche dieses fremden Jünglings, den er in Armen hielt, als wär es sein nächster Freund und Bruder. Ihm war, als müßte er ihn in die nächtige Heide hinaustragen und ganz allein, wie einem gefallenen Kampfgenossen, die Grabwache halten. Dann fiel ihm ein, der Tote könne irgendwo erwartet werden, er könne Angehörige haben, die es zu benachrichtigen galt, man könne wenigstens auf diese Weise ihm noch irdisch helfen und beistehen. Aber er kannte weder seinen Namen noch sein Reiseziel.

In dem aufgerissenen Rock klaffte eine Brusttasche, Norbert griff zögernd hinein, entnahm ihr ein größeres, unverschlossenes Kuvert, aus dem ihm zwei Schiffskarten, von einem Reisebüro ausgestellt, entgegenfielen. Er schlug die oberste auf, hielt sie in den Lichtkreis der Laterne.

Cap Finisterre, las er, und das Datum des morgigen Tages.

Darunter, in Blocklettern, groß, Luciles Namen, — den Namen seiner Frau.

Im ersten Augenblick empfand er weder Schreck, noch Schmerz, noch Bestürzung. Er hob die Augen von dem fahlen, gelblichen Papier, schaute in den lichtbeflackerten Himmel.

Was war das für ein wüster, verworrener Traum.

Was für ein übler Scherz. Was für bösartige Verwechslung.

Dann weiteten sich seine Augen, und seine Zähne klafften, wie die eines Schädels.

Der Name stand überall, in der Luft, im Himmel, wuchs aus der Erde riesenhaft empor.

Er wandte sich, wie Rettung suchend, zu dem Toten, starrte ihm ins Gesicht. Seine Augäpfel spiegelten offen und blicklos das kleine Laternenlicht. Plötzlich hörte er die erregte Stimme eines Mannes hinter sich, fragend: „Ist da noch was zu retten?"

Mit einer hastigen Bewegung barg Norbert seinen Fund.

„Nein", sagte er dann mechanisch, — „exitus."

Dabei erschrak er im tiefsten Innern furchtbar vor diesem Wort, — das ein anderer, Unbekannter, aus ihm gesprochen hatte.

Er erhob sich, ging ins Dunkel, das ihn mit brennender, unbarmherziger Klarheit umgab.

Er wagte den Toten nicht mehr anzuschauen.

Irgendein Hilfsarzt drückte Raymond die Augen zu.

Der Hafen lärmte die ganze Nacht, Lucile konnte nicht schlafen. Ein Kommen und Gehen herrschte in dem kleinen Hotel, das den Namen „Cosmopolite et de l'Univers“ trug, manchmal wurde auf den Gängen gezankt, manchmal schlug eine Tür. Im Zimmer neben dem ihren tobte und jaunerte ein Liebespaar, — ein Reisender in Segeltuch, der eine Bardame mitgenommen hatte, — als lägen sie in Krämpfen oder Wehen. Vor einigen Stunden hatten sie sich wohl noch nicht gekannt. Jetzt hatte der Pfeil getroffen, sie waren eins, sie hatten einander gefunden.

Im ersten Licht stand Lucile auf. Während sie sich wusch, koste die Morgenluft durchs offene Fenster ihre Haut. Ein Hauch von Teer, von Salz, von Seewind kam herein, — und noch etwas, irgendwo mußte man Apfelsinen verladen, es roch nach dem Süden, nach den seligen Inseln. Das Tuten eines ausfahrenden

Dampfers erfüllte sie mit wilder, stechender Freude.

Leichtfüßig eilte sie treppab, betrat das von der Nacht noch ungeräumte Hotelrestaurant, in dem ein mattes Licht brannte.

Ein verschlafener Nachtkellner, zum Gehen bereit, rechnete noch auf kleinen, verschmuddelten Zettelchen ab. Sie wollte Kaffee bestellen, er verwies auf den Frühkellner, der eben herein kam, — ein schlitzäugiger, sommersprossiger, unsauberer Bursche.

Er hielt ein feuchtes Zeitungsblatt, und lachte aufgeregt mit kariösen Zähnen:

„Hast du gehört", rief er dem Nachtkellner zu, — „der Expreß hat den Kleinen glatt umgeschmissen. Glatt mittendurchgeschnitten", sagte er genießerisch, — „zwölf Tote! Geh rasch an die Bahn, da kannst du sie sehen!"

Vor Luciles Blick wuchs der picklige, unrasierte Kellner plötzlich zu einer hohen, strengen, marmornen Gestalt. Sie hörte ein Flügelrauschen in der Luft. Sie hörte ein großes mächtiges überirdisches Brausen, wie aus unzähligen Kathedralen.

Aber das alles geschah weit hinter ihrem Wissen.

Nun trat sie zu dem Boten, und hob ein wenig die Hände, — wie ein Kind, das um eine freie Stunde, um einen Aufschub, eine Pause bettelt:

„Das ist nicht der Zug“, sagte sie sehr bestimmt, — „von Marquette en Bretagne. Das ist doch ein anderer?“ fügte sie fragend hinzu, und lächelte voller Zuversicht, als könne sie dadurch Gnade oder Strafbefreiung erschmeicheln.

„Marquette?“ sagte der Kellner, — „natürlich ist er das. Ganz bestimmt!“

„Ganz bestimmt?“ — wiederholte Lucile, — „ganz bestimmt“, — sagte sie noch einmal, als sie durch die Glastüre trat.

„Aber sie waren alle gleich tot“, rief ihr der Kellner nach, — „es hat keiner gelitten!“ hängte er wichtig an.

„Ganz bestimmt —“, stammelte sie noch auf der Straße, und begann zu laufen.

Der Bahnhof war von einer neugierigen Menschenmenge umlungert, und die Leute, welche mit dem Unglückszug Angehörige erwartet hatten, standen in langer Schlange vor einer eisernen Gitterbarre. Warteten.

Drinnen, in einer hohen, kahlen, mit Wellblech gedeckten Gepäckhalle, hatte man eine Art Morgue improvisiert, und die Toten, die von einem Hilfszug gebracht worden waren, zur Rekognoszierung aufgebahrt.

Schritt vor Schritt schob sich die Menschenschlange durch die Absperrung vorwärts, manche schluchzten oder redeten nervös, die meisten schwiegen. Wie bei jedem Golgatha, standen Soldaten, Polizisten, Neugierige umher und bestarrten das schutzlos angeprangerte Leid.

Während der endlosen, martervoll zerdehnten Sekunden, Minuten und Viertelstunden dieses Wartens und Weitertappens durchlitt Lucile, eingekeilt unter Menschen und von Menschenatem umhaucht, alle Höllen der letzten, bittersten Einsamkeit.

Endlich geleitete sie ein Mann mit Rotkreuzbinde an den Bahren entlang. Die Körper waren mit Tüchern bedeckt, die Gesichter fremd, wächsern, verschlossen. Sie hatten nichts mehr mit denen gemein, die sich über sie beugten. Lucile kannte keines.

Als sie das zweite Mal die stumme Reihe abschritt, blieb sie bei dem Körper eines jungen Mannes stehen.

Er war schön, bleich, und unendlich weit entfernt.

Ein Jüngling, zu den Göttern entrückt.

Er war tot.

Der Mann hinter ihr fragte:

„Kennen Sie ihn? – Sind Sie Angehörige?"

Lucile fuhr auf, starrte erschreckt.

„Wie?" fragte sie, als habe sie das letzte Wort nicht verstanden.

„Ob Sie den Toten kennen", wiederholte die Stimme grob, – „ob das ein Angehöriger von Ihnen ist."

Sie schaute noch immer auf das bleiche, fremde Gesicht.

Dann schüttelte sie heftig den Kopf.

„Nein", sagte sie fest, – „das ist er nicht."

Und, während sie die Halle verließ, kopfschüttelnd, staunend:

„Das ist er nicht – das ist er nicht –"

Auch in dem lärmenden Bahnhof, auf der Straße, im Sonnenlicht, immer wieder, wie eine Litanei, wie eine magische Formel:

„Das ist er nicht – Das ist er nicht –"

Er – er war: Du – und – Leben.

Von seinen Lippen wehte ein warmer und kühler Hauch.

Seine Augen waren voll Kraft, voll Nähe.

Der da ist kalt, blaß, und ohne Fühlen.

Der da – ist tot.
Das ist er nicht.
Das ist er nicht.
Aber wo kann er sein?
Wo – muß ich ihn suchen?

Ein dumpfes, langgezogenes Tuten drang an ihr Ohr. Sie irrte noch immer in den Straßen. Aber jetzt – jetzt war es Zeit! Jetzt mußte das Schiff gehen –

Es schlug schon Mittag.

Die Dampfsirenen der „Cap Finisterre" heulten zum dritten Mal.

Mitten im lauten und grellen, zappelnden und steten Menschenstrom, Lebensstrom, wie er sich stets an einem Pier entlang zu Abfahrten oder Ankünften bewegt, – inmitten von Leuten, die Abschied nahmen oder sich trafen, einander winkten, riefen und schrieen, lachten, weinten, besorgt oder gleichmütig dreinschauten, – trieb Lucile, und spähte um sich, als erwarte sie eine ganz bestimmte Begegnung.

Jetzt aber, als die Bordglocke zu läuten begann und eine Kapelle zu spielen anhub, und als man die Brücke langsam hochwand und der Streif schmutzigen Hafenwassers zwischen

Schiffsrumpf und Steinmauer aufquirlte, – wußte sie plötzlich:

Er wird nie mehr kommen.

Er ist vorübergegangen.

Er hat sie alleingelassen, – ohne Wort, – ohne Hilfe.

Und er hat ihr den letzten, den schon eröffneten, Ausweg versperrt –

Sie riß die kleine Tasche auf, die sie in der Hand trug, tastete darin herum – Auch das – hatte er ihr genommen.

Das dünne, zerknüllte Taschentuch blieb in ihren Fingern, – und sie preßte es, weiter taumelnd, zwischen die Zähne, als müsse sie ihren Aufschrei ersticken.

Minutenlang lehnte sie an einer Taurolle, die sich von einem eisernen Pflock abspulte und ihr Kleid zerschliß.

Dann ging sie weiter – ohne Blick – ohne Richtung – der gähnenden, schwarzen Leere entgegen.

Als Norbert vor ihr stand, und seine Hand leicht auf ihre Schulter legte, war sie ganz ohne Schreck oder Staunen.

Allmählich erst unterschied sie seine Züge, – erkannte ihn, – wußte, daß er es war, daß er da war, — und im gleichen Augenblick sank sie an seine Schulter, wie seit ihrer ersten Begegnung niemals mehr, — alles löste sich in ihr, — sie weinte.

Er hatte nichts, als die Abfahrtszeit auf jener Schiffskarte, von ihr gewußt, — dort suchte er sie, — und dort hatte er sie gefunden.

Jetzt lag sie an seiner Schulter und weinte ihr tiefstes, geheimstes, eigenstes Leid aus sich heraus.

Sehr zärtlich streifte seine Hand über ihr Haar, — ganz fern, und dennoch unbegreiflich nah, hörte sie seine Stimme:

„Ich glaube zu wissen", sagte er, — „was dir geschehen ist.

Ich denke — es ist unseres Kindes wegen. Ich denke — es wird nicht mehr leben. Aber — das mußte wohl einmal so kommen. Wir wollen es beide — ertragen."

Während sein Arm sie fester umspannte, begriff sie trostvoll die ungeheure Kraft der Überwindung, der Liebe, des Menschentums, die, wie ein lebendiger Strom, von seinem besiegten Herzen ausging.

„Es gibt manches in unserem Leben", — hörte sie seine langsamen, suchenden Worte, — „was das Ende in sich trägt — und das Licht nicht aushält — und verhüllt bleiben muß.

Aber man darf immer hoffen — auf das Unvergängliche."

Sie hob den Kopf, schaute zu ihm auf.

Ein großes Staunen hatte sie erfüllt.

„Du bist — gekommen", sagte sie zweifelnd, — „du bist bei mir —?"

Er nickte.

„Ich habe einen Ruf hierher erhalten", sagte er einfach, — und nahm, wie zur Bekräftigung, das uneröffnete Telegramm aus der Tasche, das ihm die Oberin gegeben hatte, — ließ es ins Wasser gleiten.

„Du bist bei mir", wiederholte Lucile.

„Ja", sagte Norbert. „Komm jetzt."

Er nahm ihren Arm, und führte sie zu dem kleinen Schiff hinüber, das nach England ging.